KB150185

지금 뭐하고 있나요

장시진 지음

1.

골목길 한 귀퉁이에 버려진 옷장.

벌써 며칠째 그 자리에서 꼼짝도 하지 않고 있다.

재활용 스티커를 붙이지 않았기 때문이다.

양심 없는 사람.

이사 가기 전에 스티커라도 붙여두고 가지.

나는 옷장을 한참 동안 바라보다가 옷장의 문을 열었다.

그리고 그곳에 숨었다.

2.

지난밤 너무 열심히 달렸다.

그런데 결국 2등을 하고 말았다.

1등은 물론 알코올이다.

괘씸한 녀석.

나를 이기기 위해 그렇게 안간힘을 썼던가?

오늘도 어쩔 수 없이 달렸다.

그런데 웬걸.

오늘은 내가 일등을 하고 말았다.

숙취 때문에 많이 마실 수 없던 탓이다.

3.

하루에 현관문을 몇 번이나 여닫을까?

10번 아니면 20번.

세어보지 않아서 모르겠다.

그렇다면 내 마음은 몇 번쯤 여닫을까?

그건 확실히는 모르겠지만 아마도 수십 번은 여닫을 것 같다.

내가 생각해도 내가 간사하게 느껴진다.

몇 번이나 간사해지는지 오늘부터 세어 볼 작정이다.

4.

변함없는 일상에 가지런히 자란 단상을 뽑아본다.

잡초처럼 무심하게 자라난 단상들.

어느새 내 속에서 그렇게 자랐는지 모르겠다.

아마도 변함없는 일상에 나도 모르게 자라난 모양이다.

단상들을 몇 포기 뽑아 정성껏 다듬어 본다.

뿌리가 튼실하구나.

단상들을 괜히 뽑은 것은 아닐까?

5

시간과의 전쟁을 시작한 지 좀 전.

벌써 저녁이 되어 가고 있다.

이 녀석과의 전쟁은 처음부터 무리였는지도 모르겠다.

잠시 잠깐 같았는데 한나절이 순식간에 흘러가다니.

녀석의 영악함에 혀를 내두른다.

어디 한번 다시 겨루어 보자.

누가 더 영악한지를.

6.

시간은 다가오는데 가기가 싫다.

이유는 없다.

단지 네가 보고 싶지 않기 때문이다.

그렇다고 영영 보지 않고 살 수는 없다

알면서도 망설여지는 것은 너에게 실망했기 때문이다.

옷을 갈아입고 출발할 준비를 한다.

오늘은 그냥 외면해 버릴 생각이다.

부디 너도 나를 외면하기를.

7.

발도 빠르지.

비 오는 와중에도 쉴 사이 없이 움직이는 개미들.

뭐가 그리도 바쁜지 모르겠다.

왔던 길을 오가며 서로의 정보를 더듬이로 공유하는 녀석들.

녀석들의 사냥 상대가 궁금하다.

상대는 다름 아닌 진드기 알이다.

그 부지런함이 부러운 날이다.

8.

고집 센 친구가 오기로 했다.

오늘은 어떤 꼼수로 혈압을 피해 갈까?

녀석과 술을 나누는 것이 싫지만

그렇다고 이 시간에 마땅히 술을 나눌 친구도 없다.

모두가 바쁜 시간.

나만 한가한 건가?

나는 단지 일을 일찍 끝냈을 뿐이다.

오해하지는 마시길.

9.

뭐를 저리도 열심히 나르는 걸까?

쉼이 없다.

아무리 지켜봐도 놀고먹는 녀석은 없다.

녀석들을 지켜보고 있자니 샘이 난다.

나는 과연 녀석들처럼 열심히 일했던 적이 있던가?

나는 배짱이다.

지켜보고 있는 내가 가엽게 느껴지는 시간이다.

10.

바람의 길을 바라본다.

그 속을 날고 싶다.

그러나 욕심만 앞선다.

바람의 길을 배워야 한다.

바람을 마주하고 섰지만 바람의 길은 종잡을 수가 없다.

날기는 그른 것 같다.

마음으로 느낄 수는 없는 걸까?

좋다.

몸이 아니면 마음으로 길을 날아 보자.

11.

도와 달라고 하더니 감감무소식이다.

아무리 기다려도 전화는 오지 않는다.

그냥 빈말이었을까?

아니다.

그럴 사람이 아니다.

이제는 내 도움이 필요 없는 것이겠지.

기다림은 소용이 없을 터이다.

나는 그냥 그러려니 하루를 즐긴다.

무소식은 희소식이려니 생각하며.

12.

사람을 의심하는 버릇이 생겼다.

언제부터인지는 몰라도

요즘 들어 남의 말에 귀 기울이다 보면

의심만 하게 되었다.

나 스스로 그렇게 된 것이 아니라

상대가 나를 자꾸만 부끄럽게 만든다.

귀를 닫아야지.

의심은 점점 커져만 갈 터이니.

우선은 믿고 보자.

13.

세탁 중이다.

부디 비가 오지 않기를.

널어놓은 빨래를 비에 온전히 떠맡기기는 싫다.

빨래를 하고 외출을 해야 하는데.

비는 밤에나 온다고 했다.

그런데 왜 날씨가 이렇게 꾸물거리는 것이냐?

우선은 널고 볼 일이다.

다음은 하늘에 맡기자.

외출했다가 일찍 들어오면 되겠지.

14.

머리가 아프다.

머리를 돌릴 수도 없다.

갑자기 찾아온 두통에

약을 찾아 먹지만 소용이 없다.

가만히 누워 있는 수밖에.

녀석도 반응하지 않으면

제 풀에 지쳐 되돌아갈 것이다.

얼마를 더 누워 있어야 하는 걸까?

녀석을 쫓아 버리기 위해 나는 안간힘을 쓴다.

이제는 됐나?

공황이 나를 노려본다.

15.

또 전화를 걸고 말았다.

무의식중에.

분명히 만나야 할 이유도

다시 보고 싶은 마음의 여유도 없는

의미일 뿐인 사람이었다.

전화번호를 모두 지웠는데

나는 왜 그 번호를 기억해 내는지 모르겠다.

이제는 완전히 지울 생각이다.

더 이상 아무런 의미를 부여하고 싶지 않다.

16.

그는 자신의 잘남을 과시한다.

그는 특유의 말장난을 잘한다.

그는 실수를 남의 탓으로 돌리기를 좋아한다.

그는 늘 그렇다.

그래서 언제부턴가 멀어지기 시작했다.

됨됨이의 차이일 것이다.

짜증부터 나는 그에게

나는 왜 자꾸 전화를 하는 것일까?

징그럽다.

17.

산을 오르다가 길을 헤맸다.

상비약을 먹어도

도통 제 길을 찾을 수가 없었다.

한쪽으로만 기울어서 걷는 것만 같았다.

쉴 여유도 없었다.

길을 걷다가 가만히 서 있는데 벌써 정상이다.

공황의 끝에 서 본 길.

자꾸만 약해져 가는 내가 저 앞에 서 있다.

18.

의사와 마주하고 앉았다.

의사도 나도 난감한 표정이었다.

나도 내가 누군지 그걸 모르겠어요?

약을 조정해 볼까요?

약도 이제는 지겨운 데요.

한동안 의사와 말없이 앉아 있었다.

나도 이제는 내 속을

만만히 내놓지 않을 것이다.

의사의 안경 넘어에는

내가 앉아 있는 것이 분명할까?

19.

녀석을 찾아본다.

그러나 오리무중이다.

어느 다리 밑에서

막걸리 좋아하는 사람들과 어울려

술을 마시고 있는 걸까?

혈압을 자전거로 빼겠다는 것은 어쩌면 무리다.

하지만 그 녀석은

무리를 감수하고라도 자전거를 탄단다.

부디 어느 길가에 자빠지지 않기를.

20.

바라보지 않을 것이다.

뒤돌아서고 말 것이다.

실망을 감출 수가 없다.

차라리 보지 않는 것이

서로에게 좋을 것이다.

처음부터 알았더라면 만나지 않을 관계였다.

그러나 그렇지 못했기에

여기까지 걸어오고야 말았다.

의미 없는 만남이었기에 시간이 아깝다.

어쩌면 인연도,

필연도 아니었을지 모르겠다.

21.

세상에는

못난 사람도 잘난 사람도 없다.

주어진 시간만큼 열심히 살아가면 그뿐이다.

누가 운운하겠는가?

자기에게 주어진 길만 잃지 않고

잘만 가도 성공한 것임을.

나도 지금 열심이다.

마지막에 후회하지 않기 위해서.

그렇다고 달리지는 않겠다.

22.

대문을 칠하고 난간을 칠했다.

그러나 작업실을 칠하지는 못했다.

마음 같아서는 작업실을

온통 **빨간색**으로 칠하고 싶은데.

너무 무리였나?

어쨌든 언젠가는 칠하고 말 것이다.

이제는 분위기를 바꿀 때가 된 것 같다.

물론 내 머릿속도

색을 바꿔야겠지.

23.

네가 예쁘다.

한 번에 내 마음을 사로잡아 버렸다.

그럼 나는 무엇을 줄 수 있을까?

주고 싶은 것은 없다.

나는 다만

너를 보는 것으로 즐기면 될 터이니.

불륜의 씨앗은 너무도 참혹하다.

나는 단지 불륜이라는 단어가

사랑이라는 단어로 바뀌지 않기를 바랄 뿐이다.

24.

움직이지 않는다.

꼼짝도 하지 않는다.

단단히 화가 난 모양이다.

그래도 소용없다.

너보다는 내가 더 화가 났으니.

홀쭉해진 너를 보면서

올해를 넘길 수 있을까 걱정을 한다.

그래도 내 사랑은

손톱만큼도 가져가지 못할 것이다.

내 사랑의 임자는 따로 있으니.

25.

하도 연락이 오지 않아

전화를 했다.

이 녀석 자전거를 끌고 나가더니

신정교 밑에서 아는 지인들과

소주를 마시고 있단다.

하루도 빠지지 않고 지인들과

나누는 술은 대체 어떤 맛일까?

그 맛에 자전거에 연연하는 것은 아닐까?

그러다가 자전거나 끌고 오겠어!

끌고 온다고 해도 아마

정신은 놓고 올 것이다.

26.

지지고 볶고 난리도 아니다.

시간을 달여 먹는다고 벼르기도 하고

그 시간도 아깝다며

깨소금을 뿌려 먹기도 한다.

무엇인가를 해야 하는데 손에 잡히는 것이 없다.

그래도 할 수 없다.

오늘을 온전히 먹으려면 시간을 요리해야 한다.

자 이제 오늘을 먹어보자.

27.

쓰레기가 머릿속에 쌓였다.

아무리 쓸고 닦아보지만

어림도 없다.

이제는 엄두도 나지 않는다.

쓰레기차를 불러도 고개를 절레절레 흔들 뿐이다.

쓰레기는 온통 나의 것이 되었다.

조금씩 내다 버려도 일 년은 걸릴 것 같다.

그래도 그 방법밖에는 없을 것이다.

누가 대신할 일이 아니다.

28.

들락 달락 거리며

연기만 만들어 내고 있다.

이리 눈치 보고 저리 눈치 보면서.

머리는 더욱 멍해지고

애꿎은 시간만 탓한다.

문제는 분명히 나한테 있는데

남에게 책임을 전가할 생각만 한다.

그러니 일이 잘될 리가 없다.

자숙하며 천천히 걸어 보자.

29.

집을 나섰지만,

마땅히 갈 곳이 없다.

오라는 곳은 없어도

갈 곳은 많을 것 같았는데

모두가 내 착각이다.

아이스 아메리카노를 들고 거리를 걷는다.

아메리카노가 쓰다.

내일 비가 온다고 했던가?

그래.

내일은 빗속에 숨어 보자.

노란 우산이면 더 좋겠다.

30.

갑자기 녹차가 마시고 싶어서

물을 끓이고 녹차를 내렸다.

네가 없어서 맛이 없다.

네가 있어도 맛이 없을 것이다.

내 머릿속이 뒤죽박죽이기 때문이다.

밖으로 나가 달을 본다.

살짝 기울은 달이 왜 이제 보냐며 탓한다.

그래 나머지 남은 달은

내가 먹어 주마.

31.

빗속을 걸었다.

나를 감추기에는 안성맞춤인 날이다.

노란 우산 속에 나를 감추고

여유를 만끽하며 걸었다.

바삐 걸어가는 발걸음들.

그럴수록 나는 마냥 천천히 걸었다.

공원을 몇 바퀴 돌았는지 모르겠다.

때론 빗속이 나을지도 모르겠다.

오늘처럼!

32.

핸드폰, 지갑, 열쇠, 손수건 등등

주머니가 모자랄 판이다.

이 모든 것을 놔두고

외출하기란 쉽지 않은 일이다.

밖에 나갈라치면

안절부절못하게 하는 것들.

어디 상상이나 할 일인가?

오늘은 열쇠만 달랑 들고

외출을 시도해볼 생각이다.

가능한 일일까?

33.

녀석이 왔다.

막걸리 세 병을 손에 들고

찾아와 문을 두드렸다.

기특한 녀석.

그런데 안주는 없다.

썩을 놈.

잔을 마주치며 세월이 빠름을 실감한다.

고등학교 때 대입시험을 앞두고

100일주를 마시던 기억이 나는데.

벌써 중년의 문턱이 코앞이니 말이다.

어쨌든 좋다.

함께 함은 언제나 좋다.

33.

고등학교 때

술에 만취하여

젊음을 무작정 써버릴 때

녀석은 옆에 없었다.

술을 가르치고 담배를 가르치던 녀석.

이제는 알아서 술타령에 담배 타령이다.

건강이 젊음이라고 떠드는 녀석.

녀석은 레일만 보고 달린다.

그래서 술도 마냥 달린다.

오늘도 달린다.

34.

머릿속에서

청아한 소리가 들린다.

오랜만의 일이다.

머리가 맑아지는 듯한

이 기분.

언제였더라?

착한 저녁이 되려는 모양이다.

그렇다고 항상 나쁜 저녁이었던 것은 아니다.

착한 저녁을 데리고 산책을 해 볼 생각이다.

그러다가

착한 너를 만나면 얼마나 좋을까?

35.

또 실수를 하고 말았다.

왜 갈수록 실수가 많아지는지 모르겠다.

나 자신도 모르게 넘어가는 실수도

수도 없이 많을 것이다.

실수를 마주하고 앉아 나를 탓해 보지만

어쩔 수가 없다.

이미 되 돌이킬 수 없는

일이 되어 버리고 말았다.

어차피 이렇게 된 것 잊어버리자.

36.

퉁퉁 불어터진 쟁반짜장이다.

거울 속 너의 모습이 그렇다.

아무리 다시 보아도 변함이 없다.

그러면서도 아무것도 아닌 척

딴 짓을 하는 것을 보면

참 엉뚱할 때도 잦다.

수시로 변하는 너의 모습에 갈피를 잡지 못한다.

어쨌든 너는 네 마음대로 다혈질이다.

37.

나를 믿을 수가 없다.

아무리 믿으려 해도

마음에 내키지 않는다.

오늘도 제 마음대로 치장하고 단장한다.

뭐가 그리 좋은지 히죽거리면서.

그래 마음대로 가자.

미치지만 않으면 된다.

그러나

스스로 미쳐 가고 있는지도 모르겠다.

시간 속으로 스며든다.

38.

뭐가 그리 좋은 걸까?

살아 있다는 것을 느끼는 것?

호흡을 할 수 있다는 것?

삶의 의미를 찾아본다.

그러나 막상 내가 살아 있음의 즐거움은

막막하기만 하다.

즐거움을 곧 찾고 싶다.

그러나 그것이 가능할지는 모르겠다.

지금은 그저 먹먹할 뿐이다.

39.

처음부터 무리였다.

하지만 나는

미련스럽게 우기고 있었다.

모두가 옳다고 했는데

나만 미련을 버리지 못하고

악착같이 달려든다.

그런 내가 낯설어지는 순간이다.

주위에서는 그런 나를 어떻게 보고 있었을까?

바보 같으니.

때론 포기할 때도 있어야 하는 것을.

40.

기억을 배설하고 말았다.

복잡한 것도 좋지만,

안간힘을 쓰며 잡고 있었던 기억을

배설하고 나니 어딘가가 허전함을 느낀다.

그럴 줄 알았으면 끝까지

손을 놓지 않는 건데.

이미 늦었다.

이제는 새로운 기억을 찾아야 한다.

미련스럽지 않기를 바라며.

41.

배설을 목적으로

트위터를 시작한 것은 아니었다.

그런데 요즘은 갈수록

배설을 하지 못해 안달 난 사람 같다.

벽돌을 날려 버린 사람들.

뒤통수는 깨지지 않았는지?

나는 스스로 담을 쌓고

상대를 견제하는 중이다.

담을 허물고 싶다.

그러나 생각뿐.

42.

막,

벽돌을 내던지고 돌아서려는 순간

그 벽돌에 내가 맞고 말았다.

바보 같으니.

생각이 짧았던 탓일까?

그도 그런 생각을 하고 있으리라고는

생각지도 못했다.

벽돌을 날린 쪽은 상대였고

나는 벽돌을 날리려다가

뒤통수를 맞고 만 것이다.

이런 젠장!

43.

언제 봤더라?

아는 얼굴인 것 같은데

도통 기억이 나지 않는다.

상대는 나를 기억하는데.

나 참 이런 낭패가.

상대는 그동안의 안부를 전해왔다.

그런데 나는 안부는커녕

그 자리가 불편하기만 했다.

누구?

말을 전하기도 전에 잘 가라며 돌아서는 그.

언제 봤더라?

내게 남은 잔영!

44.

문자는 감감무소식이고

전화는 아예 받지 않는다.

내가 너무 심한 충격을 준 것일까?

아니면 녀석에게 사고라도 생긴 것일까?

답답함이 가슴에 응어리졌다.

그래서 입맛도 딱 떨어졌다.

다시 전화해 보지만 받지 않는다.

핸드폰을 가마솥에 넣고

팔팔 끓여 먹었나?

45.

오늘 또 한 가지를 배웠다.

배운다는 것은 정말이지

설레는 일이다.

이제는 써먹을 일만 남았다.

그런데 막상 쓰려고 하니 겁부터 난다.

너무 쉬이 쓸 생각은 없다.

차근차근 단계를 밟아가며 쓸 생각이다.

늦으면 어떤가.

설렘이 배가 되는 것을 느끼는 것도

좋은 일 같은데.

46.

수족관에서

뛰어노는 수많은 열대어를

넋 놓고 바라보고 있었다.

내 수족관에

끈질기게 살아 있는 열대어와는

비교도 되지 않는다.

열대어를 살까?

말까? 하다가 무거운 발걸음을 돌렸다.

분명 내 수족관에서는

오래 살아남지 못할 것이다.

귀찮음 때문이다.

나는 이제 어리석지 않다.

47.

믿음은 반뿐이다.

반은 중도 포기다.

반뿐인 믿음으로 완주할 수 있을까?

지금은 망설이는 중이다.

다른 샛길로 빠질까?

그러나 이미 늦었다.

이미 선택하고 말았다.

어찌 됐든 발을 들여 놓은 이상

뺄 수는 없다는 것이다.

그냥 걸어 보자.

지치지 말고.

48.

냉장고에서

핸드폰을 찾았다.

핸드폰을 날름 먹어 치웠던

냉장고라는 녀석은 핸드폰뿐만 아니라

내 안경도 먹어 치웠던 녀석이다.

녀석은 먹성도 좋다.

먹어 치우지 않는 것이 아무것도 없다.

적어도 자신의 배를 채우고도 모자라

내 머릿속도 넘보고 있다.

49.

입안이 텁텁하다.

오늘의 녹차는 맛이 없다.

느리지도 않고 빠르지도 않은

무덤덤한 오후.

텁텁함은 가시지 않는다.

오늘의 메뉴는 없는 입맛이다.

입안에서 오물오물 거리다가 녹차를 삼킨다.

역시나 입맛이 없기는 마찬가지다.

오늘은 굶어야겠다.

50.

한 길을 선택했다.

그리고 여태까지 걸어왔다.

잘못된 길로 들어선 탓일까?

아니면

더 걸어가야 하는 것일까?

알 수가 없다.

나는 아직도 나를

자각하지 못하고 있다.

그저 잘못된 길이

아니기를 바랄 뿐이다.

51.

사이에 끼었다.

좀처럼 내 기억을 꺼낼 수가 없다.

몸뚱어리도 마찬가지다.

오후는 자꾸만 재촉하는데

나는 비지땀만 흘릴 뿐이다.

오늘은 이빨 사이에 낀 고춧가루다.

52.

바람맞기 좋은 날.

바람을 타고 서핑을 한다.

바람 부는 대로 움직이면 그만이다.

별다를 것은 없다.

자유를 느끼자.

어디든 갈 수 있는

바람을 졸졸 따라 가본다.

그런데 바람은 왜 하필이면

네게로 향하는 것일까?

어쩔 수 없이 따라가 보는 수밖에.

53.

문자가 날아왔다.

반가움에 문자를 열어 보았다.

그러나 파밍이다.

스팸 번호로 입력하고 삭제했다.

내 머릿속도

그처럼 스팸으로 처리하고

삭제할 수 있다면 얼마나 좋을까!

그렇다고 머릿속을 포맷시킬 수도 없고.

머릿속 쓰레기를

빗자루로 살살 쓸어 본다.

54.

존재하지 않는다고 생각하니

벌써 가슴이 멘다.

아니기를 바라지만

소문이 이미 나고 말았다.

확인 전화를 해 볼까도 생각하지만,

용기가 나지 않는다.

그 소문이 정말이라면

이미 전화가 왔어야 했다.

나는 그저 아니기를 바랄 뿐이다.

오늘을 접는다.

55.

존재와 부재.

선택하라면 당연히

존재에 무게를 둔다.

녀석에서 날아오던

카카오톡도 이제는 뜸해졌다.

먼저 카톡을 보내지만,

확인만 할 뿐 아무런 대답도 없다.

많이 아픈 모양이다.

또 귀찮기도 하겠지.

빨리 건강을 되찾았으면 좋겠다.

너는 존재할 것이다.

56.

이틀이었다.

세상을 밀어내고 줄곧 잠만 잤다.

더 잘 수도 있었지만

내 부재중을 알리고 싶지 않았다.

그동안 애니팡만 날아오고

별다른 소식은 없었다.

마치 애니팡에 중독된 것처럼

자연스럽게 애니팡에 접속한다.

귀차니즘이 발동해 접속을 차단한다.

배고프다.

애정이 고프다.

57.

어울리지 않게

집 전화가 울렸다.

받을까 말까 하다가

할 수 없이 받았다.

즐거운 소식이 날아왔다.

집 주소를 찍어 보내고

수화기를 내려놓았다.

그리곤 쪼르륵 달려가 컴퓨터에 접속했다.

검색으로 소식을 확인했다.

오늘은 다짜고짜다.

벽이 앞을 가로막고 있다.

58.

머릿속이 갈팡질팡이다.

온종일 그랬다.

녹차만 연신 마셔댔다.

그래도 입맛이 돌지 않아

입에서도 갈팡질팡이다.

핸드폰을 들고

입력된 전화번호만

넋을 잃고 바라보고 있었다.

오늘의 메뉴는 갈팡질팡이다.

할 수 없이

나는 갈팡질팡을 뜯어 먹고 있다.

59.

종이책을 읽고 있다.

아직은 e북에 익숙지가 않아서

할 수 없이 종이 책을 읽었다.

이놈의 귀차니즘.

벌러덩 누워 음악프로를 보는 중이다.

그런데 왜 또 이렇게 답답한지?

약을 먹고 일찍 자야겠다.

그리고 새벽에 산행을 나설 생각이다.

귀찮다.

나는 오늘을 포기하고 말았다.

60.

이놈의 싸움은 끝이 없다.

질 때도 많지만

때로는 이길 때도 있다.

그러나 지난밤의 싸움은 지고 말았다.

술에는 장사가 없다는 말이 맞는 것 같다.

싸움에 지고 넘어져 치아가

세 개나 부러진 녀석도 동참했다.

잘도 넘어가는 맥주의 유혹.

네 탓이다.

61.

머릿속이 뒤숭숭하다.

아직 술이 덜 깬 탓일까?

해장국을 먹어야 하는데

밖에 나가기도 싫고

만들어 먹기도 싫다.

방바닥을 뒹굴뒹굴.

머릿속이 온통 암흑이다.

그러나 별수 없다.

어차피 패전의 아픔은 남아 있는 것이다.

온전히 받아들이는 수밖에.

62.

등산화가 온통 흙투성이다.

예상은 했지만,

이 정도일 줄은 몰랐다.

그러나 기분만은 상쾌하다.

문제는 산행을 같이 나설 친구가 없다는 것이다.

환절기를 실감하는 쌀쌀한 날씨.

산에서 내려와 아이스 아메리카노를 마신다.

그런데 외롭다.

친구는 아직도 병상이다.

63.

마음만 먹으면

당장에라도 달려갈 수 있다.

하지만 수척해진 너의 모습 때문에

자꾸만 망설여진다.

전화해 보지만 야윈 너의 목소리가

내 가슴을 아프게 한다.

방법이 없다는 소리에 하늘이 무너지고,

네가 없는 이 세상을 생각해 본다.

있을 수 없는 일이다.

64.

너는 무엇을 하고 있을까?

너는 무슨 생각을 하고 있을까?

설마 내 생각을 하고 있는 것은 아니겠지?

나는 지금 온통 너의 생각뿐이다.

나만 왜 너를 생각해야 하는지 모르겠다.

아마도 쓸데없는 미련 때문일 것이다.

나는 지금 미련을 씹어 먹고 있다.

65.

내 가슴에 태풍이 분다.

지금은 태풍의 눈 속에 들어와 있지만,

다시 강한 바람을 동반한 풍랑이 일 것이다.

수시로 날아오는

메시지를 확인하지 않고

넋을 잃고 태풍이 지나가기만을

조용히 기다리는 중이다.

눈물이 흐르는 건 왜일까?

모두가 네 탓이다.

66.

비가 온다.

오라고 하지도 않았는데

제멋대로 왔다가는 또 제멋대로 가기 일쑤다.

비를 맞아 볼까 하고 우산을 찾지만

어디에 두었는지 도통 알 수가 없다.

그냥 한 번쯤 맞아도

될 것 같은 비여서 우산 없이

길을 나서 볼 생각이다.

그러다가 많이 오면 쉬어가지 뭐.

67.

너에게 전화를 했다가

그냥 끊어 버렸다.

그러기를 몇 번.

이번에는 네게서 전화가 왔다.

받으려 하자 뚝 끊기고 마는 전화벨.

너도 나와 같은 생각이구나.

막상 전화하게 되면 아무 말도 못 할 거면서.

밀고 당기기를 몇 번.

그리고 적막이 한 아름 밀려왔다.

68.

바보 같은 녀석 같으니.

아닌데도 한번 믿으면

그것이 맞다고 말하는 녀석.

그 고집통을 꺾을 수가 없어서 안타깝다.

닥쳐야 그제야 알고

전전긍긍하는 녀석을 보면

한심할 때도 잦다.

그래도 자신을 굽히지 못하는

녀석을 볼 때면 한심할 때도 있다.

69.

매일 다니는 길인데도

오늘은 갑자기 이 길이 낯설다.

하마터면 길을 잃을 뻔했다.

길은 오로지 한 길로만 진행되지 않는다.

가다 보면 여러 종류의 길도 있는 법이다.

아직은 한 길로만 걸을 수 있어서 다행이다.

앞으로도 이 길로만 다녔으면 좋겠다.

70.

단 한 번뿐이겠지.

하지만 단 한 번뿐만이 아니었다.

결국에는 여러 번인 것을.

그 이후로는 기대하지 않기로 했다.

미련을 밥 빌어먹듯

먹고 싶지는 않았다.

기다려도 있지 않음을 안다.

어쨌든 모든 것에서 하나로 통하고 싶다.

그래야 하지 않을까?

71.

여전히 그대로다.

기다려도 오지는 않고 꼭 그대로다.

이제는 꼭 그대로를 원하지 않기로 했다.

세상은 기다리는 것.

하지만 기다리다 보면 또 기다리게 되는 것.

어쨌든 너는 너고 나는 나다.

그래서 기다리지 않기로 했다.

세상은 물 흐르듯 흐른다.

72.

혼자 걸어도 좋다.

생각은 언제나 정상으로 향한다.

옆에 같이 걷는 사람이 없어도 좋다.

이제는 거슬리기까지 한다.

걷다가 지치면 쉬어가면 그만이다.

보채는 이 없어서 좋다.

언제부턴가 나는

혼자 걷기에 익숙해져 있다.

차라리 혼자가 편하다.

73.

아무 걱정거리도 없었으면 좋겠다.

그러나 소심한 나로서는

모든 일이 걱정거리로 통한다.

사소한 하나하나에

미련을 버리지 못한 채

걱정을 하소연한다.

그런 내가 또 걱정이다.

오늘은 걱정이 없었으면 좋겠다.

하지만 여지없이

오늘의 메뉴는 또 걱정이다.

74.

아무 소식도 없다.

이 불안한 느낌은 도대체 뭐지?

무소식이 희소식이라는데.

그런데도 불안함을

떨쳐버릴 수가 없다.

안 좋은 소식만 오지 않으면

오늘은 그럭저럭 무덤덤한 날이다.

날씨도 무덤덤하고 바람도 적당하다.

그래서 오늘은

친구 먹고 싶은 날이다.

75.

무덤덤함이 좋다.

좋지도 않고 나쁘지도 않은 하루.

항상 이런 날이었으면 좋겠다.

그러나 항상 같은 날은 없다.

조금씩 틀린 날들을

맞이하며 새로움을 느낀다.

아마도 살아 있다는 증거 아닐까?

무덤덤함으로 하루를 마감하고 싶다.

그리고 내일도 무덤덤.

76.

하고 싶은 말이 많다.

그런데 막상 대화할 상대를

오늘은 찾지 못했다.

그렇다고 일부러 상대를 찾고 싶지도 않다.

하루 종일

몇 마디를 했는지 모르겠다.

산행을 다녀와서 빈둥빈둥

시간을 쪼개 먹고

우두커니 너와 마주하고 앉았다.

너는 내 혼잣말이다.

77.

영화라도 봐야겠다.

그런데 나가기가 싫다.

넓은 상영관에 앉아

나만의 시간에 집중하고 싶지만

나는 왜 이렇게 간사한지 모르겠다.

다운로드를 생각해 본다.

집에서 보는 것도 안락하고 좋을 것 같다.

어쨌든 간사함을 씹으며

내려 받기에 눈독을 들인다.

78.

가을이 와 있었는데도

난 미처 가을을 맞이하지 못했다.

오늘에서야 가을이 왔음을 실감한다.

곧 겨울이 올 것이다.

겨울이 오기 전에

놀랄만한 소식이 전해져 왔으면 좋겠다.

시간과 애인 삼는 것도

이제는 지겨울 때가 됐다.

아쉬워도 어쩔 수가 없다.

79.

술만 마시면 개가 되곤 한다.

그것도 모자라

땅바닥을 뒹굴며 짖기까지 하는데

이를 어쩌나?

내 머릿속의 미친개를 끌어내지 않으려면

술을 먹지 않는 수밖에 없다.

하지만 사람들을 만나면

기다렸다는 듯이 뛰어나오는
미친개 때문에 걱정이다.
미친개는 몽둥이가 약이다.

80.
너는 어디쯤 걷고 있을까?
비록 함께 걷지는 못하지만
네가 가는 길을 가로막고
싶은 마음은 없다.
내게는 자격이 없다.
그저 기억 속을 걸으며
너의 생각을 하는 수밖에.
추억은 아름다운 것만은 아니다.
네게 나의 존재가
그렇게 달갑지는 않을 것이다.

81.
우산을 쓰고
너희들의 재잘거리는 소리를
들으며 걸었다.
쌀쌀한 날씨지만 너희들의
수다는 멈추는 법이 없었다.
쌀쌀할수록 너희들의 수다는

점점 크게 들린다.

그래도 너희와 친구 할 수 있어 좋다.

혼자였다면 쉽게 지쳤을 것이다.

나는 오늘도 걷는다.

82.

거대한 괴물하고 마주 섰다.

어디 한번 해볼 테면 해보라는 속셈으로.

하지만 녀석은 꿈쩍도 하지 않는다.

위축되는 것은 오직 나뿐이다.

무리인가?

알면서도 배짱을 부려본다.

나는 조금씩 너를 뜯어 먹을 셈이다.

그러다 보면 별수 없이

너도 무너지겠지.

83.

문제는 막다른 골목이 아니다.

그것을 받아들이는 자세다.

언젠가는 막다른 길에 봉착할 때가 있다.

그것을 어떻게 헤쳐 나가느냐가 문제다.

그 앞에서 넋을 잃고

서성거리거나 망설이는 사람이

있기 마련이다.

그런 반면 그것을 즐기는 사람도 있다.

나는 어떤 부류일까?

84.

오늘은 좌판을 깔았다.

그런데 찾는 이 아무도 없다.

그래도 상관없다.

혼자 즐기는 데는 아무런 장애가 되지 않는다.

혼자 먹고, 즐기고 있다.

하지만 앞으로가 문제다.

내가 지금 걷고 있는 길이

옳은 길인가?

물음은 계속되고 앞으로도 계속될 것이다.

85.

바라보지 않는다.

앞으로 한 발짝 더 나섰는데도

그녀는 나를 알아보지 못한다.

나는 얼음장이 되고 말았다.

나란 존재는 그녀에게 과연 어떤 존재인가?

스쳐 지나가는 인연인지도 모르겠다.

그것이 우리의 인연이라면

받아들여야겠지만

다가서기를 멈추지 않을 것이다.

86.

나를 두고 얼마나 씹었을까?

씹는 내내 껄끄럽지는 않았을까?

치아 사이에 불편하게 끼여

말썽을 부리지는 않았을까?

질기다고 타박을 하지는 않았을까?

어쨌든 나란 놈을 그렇게 씹어줘서 고맙다.

관심이 없었다면 그렇게까지

나를 짓밟지는 않았을 것이다.

87.

길을 가다가 멈추었다.

꼼짝도 할 수가 없었다.

방향을 잡지 못하고 갈팡질팡하고 있다.

어디로 가야 할지 모르겠다.

그렇다고 마냥 이 자리에 서 있을 수만은 없다.

어디든 가야 하지만 마땅치 않다.

이럴 때는 그저 그 자리에서 쉬는 것이 좋을까?

88.

기다리는 중이다.

그러나 핸드폰은 울릴 생각을 하지 않는다.

생각해 보면 일상은 늘

기다림으로부터 시작되는 것 같다.

그것은 정해진 약속과도 같다.

기다림에 지치지 않기 위해 일상을 걸어간다.

일상의 한 부분이 아닌

모든 것을 차지하는 배부른 녀석.

89.

걸어가다가 대뜸

손을 잡고 걸어가자고 한다.

내미는 손을 툭 쳐버렸다.

왜 그런 생각을 했는지 모르겠다.

앞으로 걸어가는 연인들의

손잡고 걸어가는 모습이 부러웠던 탓일까?

손을 잡고 걸어본 지도 꽤 오래됐다.

설렘도 없다.

너무나 익숙해진 탓일까?

90.

현실을 바라보지 못하는 것일까?

나는 늘 걷던 길을 걸을 뿐이다.

다른 곳에 한눈을 판 적도 없다.
그런데 앞을 보면 길이 보이지 않는다.
순간 절망이 눈앞을 가린다.
그것을 알면서도 나는
자꾸만 장님이 되어 간다.
한우물만 파기에 나는 아직 젊다.

91.

먹지 말라는 것은 찾아다니며 먹고
하지 말라는 것은 기어코 하고 만다.
그러니 몸이 좋아질 리 없다.
녀석에게 야속한 침을 놓는다.
녀석은 또 술을 마실 것이다.
그리고 머릿속의
미친개를 불러내 짖게 할 것이다.
이제는 내가 미친 듯이 짖어댈 때다.

92.

왔다.
막걸리 마시고 자전거를 타다가
치아를 세게 씩이나 해 먹은 녀석이다.
그런데도 술을 사 들고 집으로 왔다.
나는 녀석의 정신세계를 모른다.

그러면서도

안타까운 것은

아직도 잃은 치아를 아까워하지 않는다는 것이다.

그래 그 치아로 갈비나 뜯어라.

93.

내게 말을 해봐?

무슨 말이든.

하지만 아무런 대답이 없다.

그래서 내가 더 힘든 줄도 모르겠다.

너는 항상 그런 식이다.

불리할 때면 입을 다무는 것.

그래서 그것이

버릇이 되어 버렸는지도 모르겠다.

나는 네가 말을 하려 하면

닥쳐 라는 말이 먼저다.

94.

오늘을 투덜거림으로 먹는다.

그러나 대꾸 없는 정적이

앞을 가로막는다.

이제는 알아들을 때가 됐는데도

항상 입을 다물고 있다.

이젠 지겨울 때도 됐는데

마냥 앞으로 걸어가는 녀석.

녀석을 따라잡기 위해

오늘도 안간힘을 쓰며 투덜거린다.

빌어먹을 녀석.

95.

느려터진 녀석.

일부러 그런 것인지

아니면 천성이 그런 건지 알 수는 없지만,

녀석의 느림으로 속이 터질 지경이다.

오늘은 너를 잊을 생각이다.

그런데 왜 이렇게 심심한 것이냐.

너의 느림조차도

이제는 익숙해진 모양이다.

너를 앞에 두고 지켜본다.

96.

아무것도 하지 않은 채 앉아 있다.

시간이 흐르는 것을

멍하니 바라 볼뿐 의욕이 넘치지 않는다.

누군가가 내게 다가와

그런 나를 깨워 주었으면 좋겠다.

하지만 바람뿐이다.

누군가는 지금 무척 바쁜 모양이다.

무지한 시간은

오늘도 나를 농락한다.

97.

무엇을 할지 모르겠다.

텅 빈 공간 속에 앉아 있는 기분이다.

이 공간에서

내가 무엇을 할 수 있을까 생각해 본다.

그러나 마땅히 하고 싶은 것이 생각나지 않는다.

깨어나야 할 시간이다.

분명한 건

나는 아직 꿈속을 맴돌고 있다는 것이다.

제기랄.

98.

오늘의 메뉴는 없다.

굳이 메뉴를 찾는다면 미련은 어떨까?

고추장과 참치를 넣고

쓱쓱 비벼 먹으면 그래도 먹을 만은 하겠지.

그 맛을 상상해 본다.

혼자 먹어도 심심하지는 않을 것 같은데.

오늘은 거기에 청양고추까지 곁들여 볼 생각이다.

본연의 맛은 사라지겠지.

99.

걸어왔던 길을 되돌아 걷는다.

그런데 왜 이렇게 낯선지 모르겠다.

내가 걸어왔던 길이 맞나?

모르겠다.

무작정 걸었던 탓에

길을 잃은 것인지도 모르겠다.

천천히 되짚어 본다.

한 호흡에 한 걸음씩 걷는다.

그러자 조금씩 익숙함을 느낀다.

빨리 걷지는 말자.

100.

며칠 동안 꼭꼭 숨었다.

그래도 찾는 이 아무도 없었다.

갑자기 썰렁한 외로움이 어깨를 짓누른다.

처진 어깨가 한없이 초라해지는 순간이다.

나는 그동안 만나고 싶었던 사람들이 많았는데.

그들은 그렇지 않았던 모양이다.

이제는 꼭꼭 숨지 않을 생각이다.

101.

카톡을 보낸 지가 한참 됐는데

여전히 카톡을 확인하지 않은 모양이다.

다른 녀석들도 마찬가지다.

대꾸라도 해 줄만 한데.

다시 한번 카톡을 보내고 기다리는 수밖에.

전화를 걸까도 생각했지만

애써 그럴 필요까지 있을까?

무소식이 희소식이라고

기다리는 수밖에.

102.

뒤를 돌아보지만 아무도 없다.

환청이다.

얼마나 보고 싶었으면 환청이 들릴까 하고

나를 자책해 본다.

항상 제 멋대로였던 너.

하지만 그런 너에게 익숙해진 나.

사람들은 끼리끼리 만난다는데.

나도 역시 별수가 없는 모양이다.

네가 없어서 심심하다.

103.

어제는 너의 뒤를 졸졸 쫓아다녔다.

하지만 너는 나를 눈치 채지 못했다.

아니 눈치 챘으면서도

모른 체 했는지도 모르겠다.

너의 일상을 보는 것이

이렇게 즐거운 일인지 예전에는 미처 몰랐다.

자주 너의 뒤를 쫓아다녀야겠다.

너는 나에겐 웃음이다.

미련이다.

104.

벌써 추위가 느껴진다.

겨울이 가까이 온 모양이다.

그리고 네가 없기 때문이기도 하다.

너를 찾아 서성거린다.

하지만 이미 떠나간 너는

다시 내 곁으로 오지는 않을 거라는 걸

알고 있다.

그래도 기다려지는 건

아마도 욕심 가득한 미련 때문일 것이다.

105.

산을 오른다.

아무 생각도 들지 않는다.

그러다가도

너와 함께 단 한 번도 와보지 않은

산을 보며 푸념을 쏟아낸다.

차라리 함께 걷지 말 걸 그랬다.

걸을 때마다 생각나는 너는

어쩌면 필연이었는지도 모르겠다.

하지만 지금은 필연이 아니라

단지 인연이다.

106.

아직도 앞에서 어른거린다.

문을 두드리는 소리에

혹시 친구가 아닐까 생각해 본다.

그러나 바람의 방문이었다.

한동안 멍하니 앉아 있다.

그녀는 넋을 잃고 망연자실 앉아 있을 것이다.

눈물이 메마르지 않은 모습으로

그 친구를 기다리고 있을지도 모르겠다.

107.

친구가 떠났다.

아주 먼 곳으로.

이제는 돌아올 수 없는 곳으로의

여행을 떠나고 말았다.

살아 있는 사람들의 마음을 멍들인 채.

받아들이고 싶지만,

도저히 받아들일 수 없어서

만취하고 말았다.

내가 할 수 있는 일은 없었다.

내 머릿속의 미친개도 짖지 않는다.

108.

아무리 불러도 대답이 없다.

사진으로밖에 너를 볼 수가 없다.

너와 함께 했던 시간이

자꾸만 눈앞을 가린다.

좀처럼 화를 내지 않던 너.

학창시절 내 짝이었던 너.

너를 잃고 나니 함께 했던 시간이

그 얼마나 소중한 시간이었는지

이제야 알 것 같다.

109.

대답이 없어도 좋다.

넌 언제나 내 가슴 속에,

내 지난 추억 속에 고스란히 남아 있으니까.

하지만 시간이 흐르면

점점 더 무뎌지겠지.

그래도 너에 대한 끈은

놓을 수가 없을 것 같다.

많은 친구가 너를 기억할 테니

미련은 접어두고 훨훨 날아올라라!

110.

너와 함께 걸었던 길을 걸었다.

병중에도 걷는 것을 포기하지 않던 너.

너의 그 의지가 끊기지 않기를 바랐다.

하지만 너는

끝내 의지를 내려놓고 말았다.

얼마나 아팠을까?

전화기 저편에서 팥죽이 먹고 싶다던 너.

바쁘다는 핑계로

너를 외면했던 나를 용서해라.

111.

우리 같이 산행을 다니던 그때.

그때가 그립다.

너는 아픈 몸을 이끌고도

포기하지 않았다.

지금은 그 길을 나 혼자 걸어야 한다.

혹시나 너를 만나지 않을까 하는

덧없는 생각으로.

이제는 편히 쉬어라.

가끔 너를 찾아갈 터이니 서럽다 하지 말아라.

112.

너와 자주 가던 커피전문점을 찾았다.

아이스 아메리카노를 시켜 놓고 앉아

너를 기다린다.

그러나 너는 오지 않을 것이다.

영영 오지 않을 것이다.

그러면서도 네가 기다려지는 건

너에 대한 추억을

이제는 만들지 못한다는 것이다.

거기 있니?

안녕!

113.

녹차를 마신다.

기억하니?

비가 오면 녹차 타임을 즐기던 우리.

이제는 같이 녹차 타임을 가질 친구가 없다.

올 겨울은 몹시도 추울 것 같다.

네가 떠난 길도 외롭고 추울 테지만.

이미 가버린 너를 잡을 수가 없구나.

너는 편히 누워 있겠지만

나는 아프다.

114.

울고 싶지만

이젠 눈물도 메말라 버렸다.

그녀는 어떨까?

아마 아직도 눈물을 머금고 있을 것이다.

긴 삼 일 내내 눈물만 흘리던 그녀.

떠난 사람은 말이 없지만,

그녀는 할 말이 많을 것 같다.

그런데도 난

위로의 말 한마디 전하지 못했다.

아픔이 원망스럽다.

115.

오늘이 삼우제다.

가족들을 만났겠구나.

이제는 실감하겠구나.

그래도 나는 아직 실감이 나지 않는다.

가족들도 그렇겠지.

너의 발걸음도 떨어지지 않을 터.

그래도 어쩌겠니.

너의 발걸음을 잡을까 봐

나는 차마 너에게 가지 못했다.

우리 언젠간 만나겠지.

116.

길 위에서는

많은 사람을 만날 수 있다.

그중에는 인연도 많다.

가끔은 혼자 걸을 때도 있지만,

옆에는 항상 인연이 있기 마련이다.

그 많은 인연 중에

한 인연을 잃었을 때의 상실감을 생각해 본다.

그 인연 때문에

나는 끙끙 앓고 있다.

너무 허탈하다.

117.

녹차가 쓸쓸하다.

아니 맨송맨송하다.

마주할 얼굴이 없어서일 것이다.

마주할 사람을 찾지만,

마땅히 떠오르는 얼굴이 없다.

전화기를 들여다보며

친구들의 얼굴을 떠올려 본다.

그러며 인연의 줄을 생각한다.

그것이 인생이구나.

오고 가는 길을 들여다본다.

118.

이 녀석

밥을 줘도 우두커니 바라볼 뿐

밥을 먹을 생각을 하지 않는다.

그런 녀석을 보면서

내가 너무 무심했구나 하는 생각을 한다.

녀석은 언제나 그곳에 있었다.

바라봐 주기만을 기다리면서.

너도 외로운 게로구나.

녀석에게 친구를 만들어 주어야겠다.

색색의 열대어.

오늘부터는 심심하지 않을 터.

119.

옆구리가 쓸쓸하다.

녀석의 생각을 하면 더욱 그렇다.

그렇다고 떠오르는

생각을 접어 둘 수도 없다.

이 모든 것이 이별의 과정이다.

이별은 어떤 작자가 만들어 놓은 것일까?

흐르는 대로 살아가는 것이

인생이던가?

받아들여야 한다.

나에게 초콜릿을 처방한다.

120.

벌써 첫눈이라니.

첫눈이라도 보고 갔으면 좋으련만.

그랬다면 그동안 해주지 못했던 것

많이 해 주었을 텐데.

아쉽지만 어찌하랴.

이미 길을 나서고 만 것을.

너는 어디쯤 걷고 있을까?

가늠해 보지만 종잡을 수가 없다.

가다가 발병 나지 않기를.

121.

발걸음이 무겁다.

혹은 걷다가 무심결에

뒤를 돌아보는 버릇이 생기기도 했다.

분명히 뒤에서 걷고 있었는데,

너는 대체 어느 길로 빠진 것일까?

너를 찾아 도심을 헤집고 다녔다.

그러나 나는 너를 찾을 수 없었다.

그래,

이제야 너의 부재를 실감한다.

122.

전화만 하면 언제든지

달려올 것 같았다.

주인을 잃어버린 전화번호를 되새김했다.

그러다가 하염없이 흘러내리는

눈물을 감당할 수 없었다.

바보 같으니.

저만치 가버린 그를 데리고 올 수도 없으면서

한없이 망설이기는.

잘 지내고 있지?

나는 너만 생각해.

123.

하루가 울렁거렸다.

지금도 울렁거리는 중이다.

요즘은 울렁증이 생겼다.

그 울렁증에 밥을 먹고

녹차를 마시면서 친구 삼았다.

잃어버린 친구 대신이다.

언제까지 울렁증과 친구 할지 모르겠다.

하지만 또 언제까지

그렇게 살 수는 없는 법이다.

우연히 너를 만나고 싶다.

124.

하루가 몽땅 심정지 중이다.

느낌이 없다.

통증도 느껴지지 않는다.

다만 숨을 쉬고 있음에

살아 있다는 것을 실감할 뿐이다.

다시는 오지 않을 시간을

무덤덤하게 바라보고 있다.

아까운 시간을 맛있게 먹을 방법은 없을까?

차라리 너에게로 가고 싶다.

춥다.

125.

친구를 만나기로 했다.

보낸 친구?

남아 있는 친구?

분간이 가지 않는다.

어쩌면 그 녀석도 갈지 모른다.

사람 일이란 어떻게 될지 모르니까.

이제는 겁이 난다.

그래도 어쩔 수 없다.

사람의 힘으로는 힘든 일이니까?

이럴 때

신의 능력을 조금만 빌릴 수 있다면.

126.

기억상실 중이다.

너의 얼굴이 기억나지 않는다.

희미한 잔영도 떠오르지 않는다.

너와 무엇을 했는지도 가물거릴 뿐이다.

이렇게 잊히는 건가?

너에게 미안할 따름이다.

하지만 사랑에 모든 것을 걸고 싶지는 않다.

지금은 오후를

만끽하고 싶을 뿐이다.

127.

울고 있나요?

당신은 그렇게 약하지 않습니다.

항상 그랬습니다.

당신은 모든 일에 긍정적입니다.

사랑하는 사람을 잃었으면서도

당신은 약하지 않습니다.

얼마나 슬픈지 압니다.

몸져누워도 누구하나 빈정대지 못할 겁니다.

그런 당신은 강한 엄마입니다.

128.

친구야.

오늘은 수영장에 다녀왔다.

언제였더라.

생각지도 않았는데

네가 수영장으로 찾아왔다.

그 후로 수영을 가르쳐 주면서 함께 수영을 했는데.

그 후 뜸하다가

한강 변도 걸었고 산도 올랐는데.

이제는 네가 없구나.

보고 싶어도

너무 먼 곳에 있기에 볼 수 없구나.

그곳은 어떠니?

129.

바람이 차다.

너도 느끼고 있을지 모르겠다.

영혼도 추위를 느낄 수 있을까?

슬픔을 느낄 수 있을까?

아픔도 느낄 수 있을까?

그래도 살아 있는 사람은 살아야 하니까

너무 야속하다고 생각하지 말아다오.

바람이 차다.

설마 감기 걸린 건 아니겠지?

130.

무엇을 했는지 모르겠다.

두 시간 동안 물속에서 허우적거렸다.

그런데도 생각이 정리되지 않았다.

그 시간 동안 무엇을 한 것일까?

무작정 수영만 했다.

어쩌면 네가 오기를

기다리고 있었는지도 모르겠다.

마음이 휑하다.

겨울 탓만은 아닌 것 같다.

131.

무엇을 즐거하던

그것은 문제가 아니다.

제 잘난 맛에 무엇이든 할 수 있기 때문이다.

그러나 주위에 무리를 주어서는 안 된다.

생각해 본다.

과연 나는

주위에 무리를 주고 있지는 않은가?

물론 그래서 점점

외톨이가 되어 가고 있는지도 모른다.

과연?

132.

오늘 오후는

미친놈이 되어 버렸다.

덩달아 나도 미친놈이 되었다.

딱히 단정 지을 만한 단서는 없다.

그래서 그 단서를 찾기 위해

동분서주하는 중이다.

그런데 왜 이렇게 추운 것이냐?

마음이 허해서일까?

어쨌든 미친놈으로 남아 있기 싫은 오후다.

133.

오랜만에 다시 눈을 떴다.

그동안은 눈뜬 봉사였다.

믿음이 깨지는 순간

눈을 번쩍 떴을 때 올해도

한 달 밖에 남아 있지 않음을 알았다.

그 한 달 동안 무엇을 할 수 있을지 막막하다.

시간은 자꾸 흐르고

나는 무뎌지고

믿음은 다시 믿음으로 태어난다.

134.

첫눈이 왔다고 전화가 왔다.

밖을 내다보니

첫눈의 흔적은 찾을 길이 없었다.

그래도 첫눈이 왔었다고 우긴다.

흩날리는 첫눈을 보면서 그냥 막연히

전화가 올지도 모른다고 생각했단다.

견디다 못해 전화했고 실망했단다.

그래도 내 눈으로 눈을 보지 못했으니

적어도 나에게만은 첫눈이 아니다.

135.

방안은 술병으로 난잡하다.

미친개가 튀어나와

밤새도록 술을 퍼먹고 간 모양이다.

지갑도 어디로 갔는지 사라지고 말았다.

찾아보지만 찾을 길이 없다.

할 수 없이 카드 분실신고를 하고

면허증을 재발급받기 위해 옷을 입었다.

혹시나 주머니를 뒤적이자 튀어나오는 지갑.

이렇게 허망할 수가.

136.

겨울이다.

언제부터 겨울이었는지 모르겠다.

어느 날 갑자기 겨울이라는 것을 실감했다.

얼마 전까지 산행을 했었는데.

가벼운 차림으로

산행을 하기에는 무리인 날씨다.

그렇다고 포기할 수는 없다.

그래 내일은 산에 오르자.

그런데 내 변덕은 나도 모른다.

137.

안경이 뿌옇다.

너의 기억도 뿌옇다.

막연하게 너의 모습을 떠올려 볼 뿐이다.

많은 시간이 흘렀지만,

그 사이에도

너에 대한 생각은 잊은 적이 없었다.

그러나 언제부턴가

너의 잔영이 사라지기 시작했다.

아무리 무소식이 희소식이라지만

너와의 거리는 너무 멀기만 하다.

138.

친구들에게 카톡을 날렸다.

그런데 젠장 하나같이 대꾸가 없다.

내가 너무 막살아서 그런 것일까?

그렇지 않고서

이런 일이 벌어질 리는 없다.

전화를 걸어 다그치려 했지만

전화도 받지 않는다.

한참 동안 분을 삼키지 못하고 있다가 눈을 떴다.

꿈이다.

139.

오늘을 까먹었다.

맛이 달지도 쓰지도 않았다.

딱히 맛을 표현할 수가 없다.

맛을 표현할 수 없다니

진미 중의 진미 아닌가?

나는 이 시간도

천상의 진미를 맛보고 있는지도 모르겠다.

이렇게 아무 맛도 없이

하루를 마감하고 싶다.

이 얼마나 평온한가?

140.

약속을 도둑맞고 말았다.

약속을 되찾을 길은 없다.

오후를 도둑맞은 기분이다.

방에서 뒹굴어 본다.

마땅히 할 일이 없어서가 아니다.

도둑맞은 약속에 대한 미련 때문이다.

미련은 점점 커져만 가고

나는 오늘도 미친개를 불러낼 생각을

모략 중이다.

141.

온몸의 균형이 맞지 않는다.

도대체 영문을 알 수가 없다.

하루 사이에 이렇게 달라지다니.

손짓과 발짓을 해 봐도 소용이 없다.

그렇다고 멈출 수는 없다.

네가 온전히 나를 받아들일 때까지

난 계속해서

너와의 관계를 유지할 셈이다.

나는 다시 연습 중이다.

142.

오늘의 메뉴는 무관심이다.

무관심을 잘근잘근 씹어 보았지만

질기기만 할 뿐 아무 맛도 느낄 수 없다.

남은 무관심을 쓰레기통에 버릴까 생각하다가

다시 꼭꼭 씹어 본다.

헛배만 느껴질 뿐 통 영양가가 없다.

그러다가 너를 생각한다.

너는 이 맛을 알까?

143.

혼자인 너를 잊은 지가 오래다.

문득 너를 보았을 때 며칠을 굶겼는지,

잔인하다는 생각을 한다.

너는 왜 열대어로 태어나 내게로 왔을까?

너는 순식간에 수족관을 박차고 나와

나의 뺨을 갈기며 자살을 꿈꾼다.

나는 너의 생명을 볼모로 삼고 싶지는 않다.

144.

실없는 소리해서 미안하다고

카톡을 날렸다.

영문을 모르던 너는 궁금해하고,

그런 너를 남겨 둔 채 카톡을 접었다.

스스로 실없는 사람이 되고 말았다.

너는 온종일 궁금하겠지?

나는 룰루랄라

너의 궁금증을 곱씹어 먹는다.

미안하다 친구야.

전화해라.

145.

집착을 쉽게 접을 수가 없다.

언제나 그랬다.

너에 대한 집착을

접어들이기까지 많은 시간이 필요했다.

기억 속에만 존재하는 너.

너를 잊을 수 있어서 다행이었는지도 모르겠다.

후회는 하지 않는다.

단지 그 집착이 그리울 뿐이다.

내 집착은 기약 없는

이별이었을 뿐이다.

146.

이 자리에 서 있는 나.

그리고 그 자리에 서 있을 너.

만남은 불가능할지도 모르겠다.

언제 너에게서 떨어져 나왔는지 모르겠다.

아주 자연스럽게 이별 없는 이별을 맞이했다.

그럴 줄 알았으면

이별이라고 말할 걸.

그랬다면 미련 같은 건 없었을 텐데.

147.

녹차를 내린다.

오늘은 맛이 어떨지 모르겠다.

텁텁하다.

풋풋하다.

제 맛을 느낄 수가 없다.

같은 녹차라도 맛이 이렇게 다르구나.

아마도 분위기 때문일 것이다.

그리고 누구와 마시는가도

맛을 좌우할 것이다.

어쨌든 심심한 녹차를 심심하게 마신다.

148.

외로움을 되짚어 본다.

어디에서부터 비롯되었을까?

모두가 그 녀석 탓이다.

달리 빌미를 찾을 수가 없다.

뒤돌아선 녀석은 길을 잃지는 않았을까?

나는 이렇게 길을 잃고 헤매는데.

얼마를 더 헤매야 외로움을 지울 수 있을까?

원망할 수 없는 녀석을 탓해 본다.

149.

무료함을 달랜다.

아무리 달래도 무료함에서 벗어날 수가 없다.

마땅히 하고 싶은 일도 없다.

산에 오를까?

수영장에 갈까?

수영장을 가기로 마음먹고

수영복을 가방에 담다가 포기하고 만다.

먹먹하다.

녀석이 보고 싶다.

그러나 녀석은 이미 이곳에 없다.

150.

거기 있나요?

난 여기에 있어요.

내 사랑 되돌려 주고 갈 것이지.

송두리째 가져간 당신이 원망스럽습니다.

희망도 없습니다.

의욕도 생기지 않습니다.

렇게 가버리면 그만인가요?

당신을 기다리는 사람이 얼마나 많은데.

할 수 없죠.

가던 길이나 가세요.

151.

거기도 추운가요?

여기도 역시 춥습니다.

아마 당신이 없어서 그런가 봅니다.

우두커니 앉아 있다가 당신을 생각합니다.

되돌아올 수 있다면 얼마나 좋을까요?

돌아올 수 없어서

남아 있는 사람은 슬픈가 봅니다.

한동안은 그렇겠죠.

영원할 수는 없으니까요.

152.

뭔가 하나가 부족하다.

일상의 틀이 맞지 않는다.

헛바퀴를 도는 것 같기도 하고

금방이라도 틀이 깨질 것 같기도 하다.

이 불안함은 또 뭔가?

조용한 오후였으면 한다.

부족한 하나를 찾아본다.

앞으로 달려가는 시계가

불안하게 나를 쳐다본다.

젠장!

153.

오후를 일깨우는 전화벨 소리.

생소한 전화번호다.

받을까 말까 하다가 받는 순간

낯선 여자의 목소리가 쏟아져 나왔다.

친구 하고 싶은 목소리다.

하지만 뒤이어 잘못 걸었다고 미안하다며

전화는 끊어지고 수다라도 떨려던 나의 흑심은
줄행랑치고 말았다.

154.

오후가 먹통이 되어 버렸다.

아무 소리도 들리지 않는다.

누군가 나를 부를 것도 같은데.

나를 찾는 이는 아무도 없다.

내 머릿속의 미친개가 튀어나와

사납게 짖어 댈 것만 같다.

하지만 용납할 수 없다.

먹통인 오후를 잘근잘근 씹어 보지만

맛없이 밍밍하다.

155.

오기로 약속한 친구는

아직 소식이 없다.

티타임은 점점 더 미루어질 뿐이다.

이제는 기다리는 것도 귀찮다.

약속을 지우개로 깨끗이 지워 버리고 싶다.

벌써 두 시간 째 기다리고 있다.

전화해 보지만 소용없다.

녀석아 약속은 지키자고 있는 것이다.

156.

남은 오후를 맛있게 먹고 싶다.

맛있게 배부르게 먹을 수 있는 방법은 없을까?

그런데 자꾸만 먹먹해진다.

아무래도 추워서 그런 모양이다.

걸어야 할 것 같다.

걷다가 지치면 지치는 대로 걸어야겠다.

오늘은 오후를

심심하게 먹어야 할 모양이다.

157.

티타임은 물 건너갔다.

벌써 미친개가 으르렁거린다.

녀석은 술을 사왔고

나는 미친개에게 오랜만에 밥을 주어야 할 것 같다.

안주는 심심한 오후다.

그리 맛이 있어 보이지는 않지만

그래도 어쩔 수 없다.

안주는 이미 정해졌기 때문이다.

158.

마음이 꽁꽁 얼어붙었다

아무 생각도 들지 않는다.

차를 마시면서도 차 맛을 느낄 수가 없다.

마음은 쉽게 녹을 생각을 하지 않고,

시린 속을 달래 줄 무언가를 찾는다.

하지만 마땅한 것이 없다.

상실.

바로 그것 때문이다.

오늘은 상실의 근원을 찾아본다.

159.

미끄러져 넘어지고 말았다.

누가 이렇게 물을 뿌려 놓은 것이냐?

웬만해서는 넘어지지 않는데

눈도 오지 않는 오늘 넘어지고 말았다.

무지 아프다.

그래도 할 수 없다.

누구에게 하소연하겠는가?

액땜한 샘 치지.

그래도 억울하다.

하필이면 왜 나냐?

160.

감기에 걸리고 말았다.

쉴 사이 없이

흘러내리는 콧물과 기침!

휴지가 잔뜩 쌓였다.

내 머릿속의 쓰레기처럼 감당할 수 없을 정도다.

코도 헐어

코를 풀 때마다 코가 시리다.

녀석이 올 줄 알았다.

그러나 이렇게 빨리 올 줄은 몰랐다.

방심한 탓이다.

161.

내 머릿속에

쓰레기가 잔뜩 쌓여 있다.

치워야 하는데 어떻게 치울지 막막할 뿐이다.

그렇다고 쌓아 놓고 있을 수는 없다.

방법을 찾으려 해도 별도리가 없다.

그렇다고 미친개도 불러낼 수 없다.

내 머릿속의 미친개에게 물리느니

차라리 쌓아 놓는 게 낫다.

162.

녀석을 보았다.

가서 아는 척을 하려고 하는데

마음이 내키지 않는다.

녀석도 나를 봤음에도 모른 채 뒤돌아선다.

싸운 것도 아니다.

연락하지 않다 보니 저절로 멀어진 것이다.

반갑지가 않다.

너에게로 가는 길이 이렇게 멀 줄은 몰랐다.

나는 지금 너에게로 간다.

163.

잠시 너를 잊고 있었다.

오색의 열대어.

이 추운 날씨에도 열심히 움직이는 것을 보면

차라리 네가 낫다.

그런 너에게 먹이를 준다.

그래도 반응이 없다.

녀석은 딴 짓 중이다.

어쩌면 음탕한 생각을 하거나,

죽음을 생각하고 있을지도 모르겠다.

164.

아무리 찾아봐도 없다.

그 어디에서 너를 찾을 수 있겠는가?

잊을 때도 되었건만

나는 아직 너와 함께 했던 일들을 떠올리고 있다.

핸드폰에 남아 있는 너의 전화번호.

누를까 말까 하다가 눌렀다.

하지만 신호만 갈 뿐이다.

너는 이승에 흔적을 남겼다.

165.

슬퍼하지는 마라.

너는 아직도

나의 기억 속에 존재하니까.

한번은 가야 하는 길이다.

사십구재가 끝나면

나는 너를 잊을 수 있을까?

잊을 수 없어 네가 누워 있는 곳을

찾아갈지도 모르겠다.

그리고 살아 있음에 감사를 하겠지.

뒤돌아보지 말아라.

미련 같은 건 모두 버려라.

그래야 가는 걸음걸음 가볍겠지.

166.

지난밤 당신이 잠든 사이에

눈이 내렸습니다.

비가 오나 눈이 오나 나는

밤새 당신 곁을 서성입니다.

혹시 잠을 못 이루고 뒤척이지는 않나?

당신은 무슨 꿈을 꾸고 있을까?

온통 당신 생각뿐입니다.

왜 내 마음을 빼앗아 간 건지

당신을 원망할 때도 있습니다.

167.

바람이 찹니다.

옷을 얇게 입고 나가

추위에 떠는 것은 아닌지 걱정입니다.

하지만 당신은 알지 못합니다.

내가 얼마나 당신을 생각하고 있는지.

잘 지내고 있겠죠.

내가 당신 걱정을 하지 않아도

당신은 잘 지내고 있을 겁니다.

대신 나는 조바심 일색입니다.

168.

녹차가 떨어졌다.

다시 녹차를 주문하고

자리에 멍하니 앉아 있다.

녀석 언제부턴가 나를 장악하고 있었던 모양이다.

그러니 자꾸만 입이 심심해지지.

사탕을 먹어보지만,

소용이 없다.

녀석이 자꾸만 기다려진다.

내일 배송되어 올까?

안 오면 가만 안 둬!

169.

결국,

녀석의 초상을 보고 말았다.

단지 물을 갈아주려 했을 뿐인데

녀석은 질에 겁을 먹고 심장마비로 가고 말았다.

CPR을 할 틈도 없이 녀석은 결국,

내 곁을 떠나고 말았다.

그럴 줄 알았으면 예쁘게 생긴

열대어 몇 마리 넣어주는 건데.

결국에는 내 게으름이

사단을 만들고 말았다.

170.

물을 얼마나 먹었는지 모르겠다.

몸과 발은 제각각 움직이고,

호흡도 불안전하고

하여튼 그동안 건강을 자신했던

내가 무너지는 순간이었다.

수영하면 누구보다 자신 있었는데.

다시 초심으로 돌아가

발차기 연습부터 시작이다.

다시 물과 친해져야 할 때다.

자만심은 이제 물속에 처박아 버렸다.

171.

오랜만에 걸었다.

녀석이 간 이후로 처음이다.

허전함을 느끼면서,

녀석이 가고 있을 길을 생각하면서

추위 속을 걸었다.

걸을 만했지만 외로웠다.

같이 걸을 수 없다는 것이

이렇게 슬픈 일인지 몰랐다.

네가 보고 싶다.

볼 수 없음이 안타까울 따름이다.

한눈팔며 딴 짓은 하고 있지는 않겠지?

부디 미련을 두지 말기를!

172.

아메리카노를 마신다.

쓰다.

그런데 자꾸만 눈물이 나온다.

모두가 너 때문이다.

같이 아메리카노를 마시던 때가 생각난다.

이제는 나 혼자다.

너 역시 혼자일 것이다.

자꾸만 서성거리지 말고,

뒤돌아보지 말고 걸어가렴.

그러면서도

네가 생각나는 것은 무엇 때문일까?

173.

내 머릿속의

유리창이 깨지고 말았다.

절대 깨지지 않을 것 같은 유리창이었다.

하마터면 손을 베일 뻔했다.

다행히 미친개가 뛰쳐나오지 않아서

위기를 모면했다.

미친개는 몽둥이가 약이라는데.

녀석은 몽둥이를 어디에 숨겨 놓은 것일까?

가슴이 찌릿하다.

174.

바다가

내 입안으로 들어왔다.

그 넓은 대양을 뛰어놀다

나에게서 멈추었구나.

너의 명복을 빌며 고소함을 느낀다.

반전은 계속된다.

너를 맛보며 나는

살아 있음을 느낀다.

고맙구나.

대신 나를 원망하지는 말아다오.

어차피 내가 아니었어도 너의 생은

여기까지였을 것을.

175.

너를 생각한다.

너와의 첫 만남은 어디쯤이었을까?

시간을 찾아 헤맨다.

그리고 어린 시절의 너를 만난다.

다시는 너를 만나지 못할 줄 알았다.

그러나 너는 항상

내 곁에 있다는 것을 오늘에야 알았다.

내 기억 속에.

생각나면 언제든지 만날 수 있음을 잊지 않겠다.

176.

많이 춥다.

너도 추위를 느낄 수 있을까?

영혼은 어떨지 모르겠다.

아마 느끼지 못할 것이다.

잠시도 너를 잊은 적이 없지만,

오늘따라 네 생각이 자꾸만 난다.

너와 함께하던 녹차 타임이 생각난다.

비만 오면 녹차 타임을 즐기곤 했는데.

겨울이니 눈이 와야

녹차 타임을 즐길 수 있겠구나.

어쨌든 너는 영원한 나의 친구다.

177.

네가 만나자고 했으면

모든 약속을 취소하고 나갔을 것이다.

하지만 너는 싱겁게 전화를 끊고 말았다.

나에게 관심이나 있는지 모르겠다.

연말이라 약속도 많다.

너도 약속이 있었겠지.

어쨌든 오늘은 너를 만나지 못할 것이다.

그러나

우연히 라도 너를 만나고 싶은 날이다.

178.

언제부턴가 나는 너의 뒤를

걷기 시작했다.

조금도 앞으로 나가지 못했다.

아쉬울 때면

너는 한 번씩 나를 뒤돌아 봐주곤 했다.

그럴 때면 나는 환하게 웃곤 했다.

그러나 또 언제부턴가 너는

나를 돌아봐 주지 않았다.

그러나 나는 야속하지 않았다.

너의 곁에 있는 것만으로도 좋았다.

179.

오늘은 무엇을 할까 생각 중이다.

너는 무엇을 하고 있을까 생각 중이다.

추운 날씨에 감기는 걸리지 않았는지.

몸살 때문에 혼자서

끙끙 앓고 있지는 않은지?

네가 아프면 나도 아프다.

네가 자꾸만 보고 싶다.

나는 지금 네게 전화를 건다.

너도 같은 마음이기를.

180.

카드가 조각났다.

분명히 어젯밤까지만 하더라도

멀쩡했던 카드였다.

카드 재발급 신청을 하고 앉아 있다.

도대체 어떻게 된 것일까?

범인은 내 머릿속의 미친개일 것이다.

그렇지 않고서는 그런 짓을 할 사람은 없다.

도대체 내 머릿속의

미친개를 어떻게 때려잡을까?

181.

너는 항상 그러더라.

툭하면 전화의 전원을 꺼놓는 버릇.

그래서 사람을 난처하게 만드는 너를

어떻게 하면 좋겠니?

그러면서도 잘했다고 뻔뻔하게 고개를 들고

아무 일 없었다는 듯이 태연한 모습.

이젠 지겹다.

아무리 자기 잘난 맛에 산다지만.

별수 없지.

182.

아무 일 없었다는 듯이

앉아 있다.

내년 이맘때도 나는 이러고 앉아

있을지 모르겠다.

올해 한 일들을 생각해 본다.

별달리 한 일들이 생각나지 않는다.

시간 속에 나를 묻어 놓고

살아가는 일상이 무서울 때가 있다.

오늘도 나는 일상 탈출을 꿈꾸어 본다.

과연 그럴 수 있을까?

183.

너의 전화를 기다린다.

하지만 종일 너에게서는

전화가 오지 않았다.

분명 사과 전화가 올 때가 됐는데.

내가 너무 화를 낸 모양이다.

삐쳐도 단단히 삐친 모양이다.

먼저 전화를 해 볼까도 생각해 보지만 싫다.

언제까지

너의 비위를 맞출 수 없는 법이다.

184.

오늘은 송년 메일을 보냈다.

답장이 왔다.

새해 복 많이 받으라고.

하나같이 모두가 새해 복 많이 받으라는 말이다.

제기랄.

복은 그만 받으면 된다.

복이 넘쳐나는 것은 좋은 일이지만

복도 많이 받으면 얹히는 법이다.

복 대신에 오늘은 술이나 사라!

185.

전화벨이 울리다가 멈추었다.

너일 리는 없다.

그래도 전화번호를 확인한다.

모르는 전화번호다.

전화번호를 하도 바꾸다 보니

이제는 아는 이도 없을 것이다.

한 해의 마지막 날.

그립다.

쓰다가 망쳐버린 날들이.

그래도 잊기로 했다.

내년을 다시 잘 써버리면 그만이니까.

186.

너를 만나고 싶다.

첫눈이 내렸지만

20년째 만나지 못하고 있는 너.

잘 지내고 있겠지?

누군가의 사랑이 되어.

물론 나도 그렇다.

그래서 너에게 더 미안한지도 모르겠다.

너도 그럴까?

오늘 눈이라도 내린다면

너와의 약속 장소로 뛰어가고 싶다.

187.

오늘을 의미 없이 보낸다면

올해가 더 그리워질 것이다.

뭐든 해야 할 것이기에

일발 장전하고 기다리는 중이다.

그래도 마땅한 일이 생기지 않는다.

무작정 집을 나선다.

오늘은 분명히 무슨 일이든 생길 것이다.

올해를 걷는다.

걷다 보면 올해를 후회하지 않을지도 모른다.

188.

투정이다.

감기에 걸린 볼멘소리로

투정부리는 너는 콜록콜록 숨을 쉰다.

약을 먹지 않겠다고 투정이고

죽도 먹지 않겠단다.

병원에도 가지 않겠단다.

오후가 빤히 내려 보는 대도 여전히 투정이다.

화가 나서 오전을 뻥 차버렸다.

그래도 쉽게 떨어지지 않는다.

189.

잘 지내는지 궁금해요.

감기 걸려서 누워 있어요.

당신이 아는지 모르는지.

그래도 서운하지 않아요.

당신이 보고 싶어요.

달려가고 싶지만,

몸이 따라주지 않네요.

그래요.

항상 내 마음만 가져가는 당신이지만

이제는 무뎌져 버렸네요.

당신 행복하세요!

190.

이제는 너를 보내려 한다.

하지만 미련이 남는 건 왜일까?

그래,

항상 그리워만 하고 살 수는 없다.

차라리 잊는 것이 낫다.

너를 보낼 때가 한참 지나고도 남았는데

나는 왜 아직 너를 잊지 못하고 있는지 모르겠다.

오늘에야 비로소 네가 없음을 안다.

191.

오후가 치아 사이에 끼고 말았다.

아무리 빼내려 해도 빼내지 못하고 있다.

하도 신경이 쓰여

동원할 수 있는 것을 모조리 동원해 보지만

소용이 없다.

이별이 이러할까?

이별을 생각하는 오후다.

그 녀석 참 곤욕이다.

치과가 문을 열었다면 당장에라도

달려가고 싶은 심정이다.

내일 이맘때쯤이면 치아 사이에 낀 오후도

조용히 물러나겠지.

192.

눈앞이 흐릿하다.

벌써 노안이 온 모양이다.

안경점에 둘러 안경을 맞추고 나오는 길.

세상이 뿌옇다.

이제는 안경을 번갈아 써야 한다니.

세월의 흐름을 이제야 느낀다.

그래도 아직은 젊음이 남아 있다.

오늘부터라도 마음껏 써 볼 생각이다.

젊음을 후회하지 않을 생각이다.

193.

길이 무섭다.

한없이 갈라져 버리는 길.

그래도 길은 언제나 하나로 통한다.

그 하나로 통함이 단순해서 싫고 무섭다.

언제 어디선가 너를 만나

당황하게 될지도 모르기 때문이다.

스쳐 지나가면 그만일 테지만

그것마저도 싫다.

하지만 늘 걸어야 하는 것이 길이다.

한 발짝 내디뎌 본다.

194.

사망한 열대어가 보고 싶다.

그래도 녀석이 있을 때는

외롭지 않았는데 혼자라고 생각하니 더욱 외롭다.

그날 물을 갈아주려는 것이 화근이었다.

그러지 않았다면

심심한 오후를 녀석과 함께 즐겼을 텐데.

빈 수족관이 폐가를 연상시킨다.

하지만 다시는 열대어를 키우지 않을 생각이다.

다시는 죽음을 맞이하고 싶지 않다.

오늘은 수족관을 치울 생각이다.

195.

지나가는 사람들을 따라

시장통으로 들어섰다.

모두가 목적이 있겠지만 나는 아직 목적이 없다.

그저 앞사람의 뒤통수를 보고 걸을 뿐이다.

그러다가 뒤통수가

음식점 안으로 쏙 들어가 버리고 말았다.

나도 덩달아 들어갔다.

뒤통수는 일행이 있었고 나는 일행이 없다.

멋쩍게 뒤통수를 바라보며 국밥을 시켰다.

맛이 없다.

친구와 왔을 때는 맛있었는데.

국밥을 반도 먹지 못하고 나왔다.

어차피 목적은 그것이 아니었다.

나는 다시 목적이 있을 뒤통수를 찾는다.

196.

내가 지금 무엇을 하는 것일까?

막막한 오후다.

이참에 너에게 따져 물어야겠다.

왜 전화를 받지 않는 건데?

왜 항상 전원이 꺼져 있는 건데?

너는 대답이 없다.

내가 싫어서가 아님을 안다.

네가 없음이다.

끈질기게 전화를 놓을 수 없는

안타까운 사랑이 있기 때문이라는 것을

나는 알고 있다.

197.

책을 읽지만,

글자가 눈에 들어오지 않는다.

눈앞에서 어른거리다가 사라지고 만다.

책을 덮어 버릴까 하다가

다시 마음을 진정시키고 책을 읽는다.

그런데 책의 반을 읽도록

도대체 무슨 내용인지 알 수가 없다.

책을 읽을 만한 열정이

나에게 남아 있지 않기 때문인가?

198.

오랜만에 너에게서 전화가 왔다.

이른 시간이기는 하지만

너를 씹으러 서둘러 길을 나선다.

하지만 너를 만나는 순간

씹을 시간 없고 달콤하기만 하다.

아마도 오랜만에 만나서 그런 모양이다.

나는 오늘 너를 씹지 않고 삼킬 생각이다.

시간이 사각거린다.

199.

뭐라고 할까?

마땅히 무엇인가가 떠오르지 않는다.

시간도 우두커니 앉아 있다.

녀석도 난감한 모양이다.

오늘은 뭐라고 할까?

가 자꾸만 나를 재촉한다.

시간도 느릿느릿 흐르고

나도 게으름으로 녀석의 손을 잡는다.

뭐라고 할 수 있을까?

그래 너라고 해두자.

200.

이 지긋지긋한 감기.

너를 떼어내려 병원으로 향한다.

진료를 마치고 간호사는

내 엉덩이를 공략하며 주삿바늘을 냅다 찌르고

감기가 아프다고 아우성이다.

네 녀석이 아무리 독하다고 해도

이젠 별도리가 없을 것이다.

그래도 한때나마 나와 친구해 줘서 고맙다.

심심하지 않아서 즐거웠다.

201.

분위기는 먹먹히 흐르고

신년 같지 않은 오늘이 무덤덤하다.

달라진 것은 없었다.

단지 나이를 한 살 더 먹었다는 것밖에는.

무엇인가 달라진 것이 분명 있을 텐데.

그렇다.

내게 남은 시간이 조금 줄어들었다는 것이다.

시간아, 멈추어라.

농담 따먹기나 한번 해보자.

202.

머릿속이 지저분하다.

못된 상상을 한 것도 아닌데

쓰레기가 잔뜩 쌓여 있다.

어떻게 치운다.

청소기를 돌려 볼까?

아니면 걸레질을 해 볼까?

그것도 아니면

쓰레기봉투에 아무렇게나 담아 내다버릴까?

그러다가 머릿속이 텅텅 비면 어떡하지?

오늘은 쓰레기 더미를 뒤적여 본다

내가 놓치고 있는 것이 있을 것이다.

203.

미운 놈이 있다.

그렇지만 녀석이 싫다고 말할 수는 없다.

녀석의 속은 음탕함으로 가득 차 있다.

똑바로 살라고

충고를 해 주고도 싶지만 소용없다.

놈은 나를 가식으로 밀어낼 것이다.

이럴 땐 보지 않는 것이 상책이다.

한동안은 녀석이 미울 것이다.

그리고 그 한동안이 지나면 나는 놈을 잊을 것이다.

너는 그렇게 살아라.

나도 잘난 내 멋에 살 것이니.

204.

설거지거리가 잔뜩 쌓였다.

두고 보자니 내가 너무나 게을러 보인다.

당장 설거지를 하고 싶지만

귀차니즘이 나를 가로막는다.

이 덜떨어진 녀석.

스스로 게으름을 인정하는 귀찮은 녀석.

올해는 성실해지려 했는데.

그나마 세탁기에서 빨래가 돌아가고 있으니

위안을 삼아 본다. 잘했다.

녀석아.

설거지도 해야겠지.

물론 토를 달아서는 안 될 일이다.

205.

바삭하고 부드럽게 오늘을 걷고 싶다.

눅눅하게 오늘을 걷고 싶지는 않지만,

오후가 눅눅해지려 한다.

비라도 내렸으면 하는 날이다.

이 추위에 비가 내린다면 큰일 나겠지.

못된 상상이다.

눈이 내리면 너를 만나러 갈 생각이다.

하지만 오늘도 글렀다.

눈 올 생각은 않고 추운 바람만 나를 농락한다.

너를 만나기 위해선

한동안 더 기다려야 할 것 같다.

그때까지 기다려 줄 수 있겠니?

206.

이제는 내가 아니라 너다.

거울 속의 너는 우중충하다.

어쩌다가 그 모양이 됐니?

머릿속의 미친개에게 물린 상처는 사라졌지만,

흔적은 조금 남아 있다.

너는 툭하면 미친개와 싸운다.

왜 머릿속의 미친 고양이와는

싸울 생각을 안 하니.

그것 참 볼만할 텐데.

207.

나는 너의 속을 모른다.

너도 나의 속을 모른다.

그러나 싸우다가 당하는 쪽은 나다.

가만히 있다가도 당하는 쪽은 언제나 내 쪽이다.

그래서 오늘이 온전하지 않은 모양이다.

너는 경계해야 할 대상이다.

그런데도 나는 너를 찾는다.

언젠가는 너를 잘근잘근 씹어줄 테다.

208.

아직도 거기에 있나요?

그래요 당신은 항상 그곳에 있었습니다.

단지 내가 몰랐을 뿐입니다.

당신은 묵묵히 그곳에 있었는데

나는 왜 몰랐을까요?

모두가 내 성격 탓입니다.

나만 내세우려는 독단적인 성격.

그래도 묵묵히 나를 바라보고 있는

당신이 있어서 안심입니다.

209.

추울수록 더 움직여야 한다는데

꼼짝도 하기 싫습니다.

당신이 있었다면 추워도

당신을 만나러 나갔을 텐데.

당신과 함께했던 시간들이 그립습니다.

나를 만나러 올 수는 없는 겁니까?

당신이 혹시 올지도 몰라 잠을 잘 수가 없습니다.

언제쯤 나를 찾아올 건가요?

그날이 오늘이었으면 좋겠습니다.

210.

녹차를 몇 잔째 마시고 있는지

모르겠습니다.

당신을 불러 녹차를 마시고 싶지만,

겁이 납니다.

그러다가 가던 길 가지 못할까봐 걱정이 됩니다.

추운가요?

당신은 춥지 않을 겁니다.

추워지기 전에 떠났기 때문입니다.

그래도 다행입니다.

당신이 추운 날 떠났다면 더 서러웠을 겁니다.

211.

짜면서도 싱거운 저녁이다.

쓰지 않은 것이 다행이다.

TV를 켜고 뒹굴어 본다.

혼자 놀기에는 좋은 시간이다.

은은한 녹차의 향기로 호사를 즐겨보기도 한다.

그런데 왜 이렇게 쓸쓸하고 외로운 것일까?

이제는 탓할 대상도 없다.

그래도 살아 있음을 느끼는 저녁이다.

오늘 저녁 식사는 제외다.

212.

내 청춘은 어느 길을 걸었었나?

천천히 생각해 본다.

알고 보면 내 청춘은 계속되고 있는지도 모르겠다.

그러기에 아직까지 설레고 흔들리지.

지난날을 생각하면 내 청춘은 흥청망청이었다.

그래도 여기까지 와 있는 것을 보면

시간은 착실한 놈이다.

놈을 위해 건배!

213.

청춘은 달다.

가끔 쓸 때도 있지만.

써서 먹지 못할 때 아무렇게나 씹다가

뱉어버린 적이 있다.

이제는 그것마저도 아깝다.

지금은 그 쓴맛조차도 쪽쪽 빨아 먹고 뱉어낸다.

이제야 청춘을 써먹는 법을 알았으니

그나마 다행이다.

아직도 늦지는 않았다.

214.

노곤한 시간이다.

노곤함을 즐긴다.

시간을 조금씩 떼어먹으며

최대한 편안한 자세를 취한다.

추위라는 녀석이 틈을 엿보고 있다.

하지만 신경을 쓰지는 않는다.

내 노곤함을 나를 위해 꼭꼭 닫아버렸기 때문이다.

어디 한번 들이닥쳐 봐라.

내 몽둥이찜질을 해 줄 터이니.

215.

볼 것 다 본 사이

이제 남은 것이 무엇이 있더라?

나는 너의 모든 것을 소유하고 싶다.

너의 시시콜콜한 모든 것들.

그것들은 내 삶의 의미다.

너도 나를 툭툭 털어냈으면 좋겠다.

그렇지만 서두르지는 않길 바란다.

그래야 내가 지치지 않을 테니.

나 역시 마찬가지다.

216.

쓰다가 지우고

또 쓰다가 지우기를 수십 번.

오늘은 왠지 일이 풀리지 않는다.

멍하니 모니터를 바라보고 있는 중이다.

그렇다고 머리를 쥐어짜는 것도 아니다.

안 풀리면 그만이다.

수다나 실컷 떨어보자.

그런데 수다를 떨 사람이 없다.

나는 지금 수다를 떨고 싶다.

217.

오늘도 여기에 서 있다.

나는 항상 여기에 서 있다.

누가 시킨 것도 아닌데 멋쩍게 서 있다.

내년 이맘때에도 나는 이 자리에 서 있을 것이다.

더 성숙해진 모습이었으면 좋겠다.

아직 길을 잃지 않았으니 다행이다.

이즈음에서 길을 잃는다면

나는 아무것도 하지 못할 것이다.

내 머릿속의 이정표를 다시금 짚어 본다.

218.

추위에 떨고 있을

그녀를 생각한다.

내 따듯한 품으로 꼭 껴안아 주고 싶다.

하지만 그녀는 그것을 원치 않는다.

다가가면 거리를 두고 퉁명스럽게 말하는 그녀.

그녀의 비위를 어떻게 맞춘다?

그녀를 순식간에 안아주고 도망쳐 올까?

그래 오늘 한번 시도해 보자.

219.

내 허리를 침이 뚫고 들어왔다.

아프다는데도 막무가내로

침을 꽂아 넣는 한의사.

열 바늘 중에 한방이 몸이 시리도록 아팠다.

그런데 옆에서는 침을 놓을 때마다

신음이 새어 나온다.

마치 남녀 사이에 무슨

은밀한 짓을 하고 있는 것처럼.

이 엉큼함을 어쩌나?

나도 별 수 없는 속물이다.

220.

어디를 가시렵니까?

당신의 뒤를 조심스럽게 따라가 봅니다.

하지만 당신은 알아차리지 못합니다.

한참을 걷다가

다시 되돌아 집으로 향하는 당신.

왜 그렇게 서둘렀다가 말았을까요?

알았습니다.

당신도 때로는 다른 길을 걷고 싶다는 것을.

그때는 같이 걸어 볼까요?

221.

왜 이렇게 추운 걸까요?

시장통도 한산합니다.

사람들의 살아가는 모습을 보면서 한참을 걷다가

생명을 잃은 생선들을 봅니다.

참 많은 생명이 시든 채 누워 있습니다.

핏기 없이 체념한 모습들.

하나같이 어깨가 처져 있습니다.

그러다가 손님에게 선택을 받았을 때

어깨를 추켜세웁니다.

그렇다고 영결식은 바라지도 않습니다.

222.

지금 뭐 하고 있나요?

저는 당신을 기다리며 커피숍에서

아메리카노를 마시고 있습니다.

하지만 당신은 올 생각을 하지 않습니다.

빨리 왔으면 좋을 텐데.

옆구리가 시립니다.

당신은 그렇지 않은가요?

어쨌든 나는 기다릴 겁니다.

전화라도 한 통 걸어주면 좋으련만.

223.

올해는

숫자에 연연하지 않기로 했습니다.

그런데도 버릇처럼 숫자에 연연합니다.

작심삼일이 되어버리고 말았습니다.

그래도 오늘부터 다시 시작할 겁니다.

숫자에 익숙해질 때까지.

홀수를 좋아하지만,

이제는 짝수도 사랑해 볼 생각입니다.

그래도 한동안은 홀수에 연연하겠지요.

224.

어제는 들어갈 수도

나올 수도 없었다.

내가 어디에 얽혀 있는지 알 수가 없었다.

온종일 근심에 휩싸여 이도 저도 할 수 없었다.

아무리 발버둥을 쳐도 그 자리일 뿐이었다.

신경질도 내 보았지만,

밖으로 기어 나오지는 못했다.

오늘은 어제와 같은

오늘이 아니었으면 한다.

225.

바라보고,

바라보고 또 바라본다.

녀석은 바라보면 볼수록 정감이 간다.

아무리 보아도 질리지가 않는다.

그렇게 오랜 시간을 나와 함께 했다.

그런데 이제는 찾을 수가 없다.

어디로 사라진 것일까?

기억을 되짚어 본다.

네가 있어야 할 곳에 대신

내가 있어야 했는지도 모르겠다.

226.

오늘은 오류다.

무언가 잘못되어 가고 있다.

시간을 흘려보내는 것이 두렵기만 하다.

삐그덕 소리를 내며 달려가는 시간.

기름칠을 해야 할 것 같은데.

오류를 바로잡아야 할 텐데.

아무리 찾아도 오류의 틈은 없다.

시간이 없다.

오류가 계속될수록 나는 수척해져 간다.

오류의 처방전을 열심히 찾아볼 생각이다.

후회하지 않을 시간을 보내기 위해.

227.

무엇을 어떻게 해야 할까?

종잡을 수가 없다.

모든 것이 마음에 들어오지 않는다.

지우고 다시 쓰려 해도 소용이 없다.

시간은 막무가내로 흘러간다.

멈출 수가 있다면 멈추고 싶다.

자꾸만 엇갈리는 순간들.

하고 있는 모든 일을 멈추고

너에게로 달려가고 싶다.

228.

돌아서면 그만이다.

보지 않으면 그만이다.

귀를 막으면 그만이다.

하지만 그럴 수 없었다.

그래서 너에게 다가섰다.

설렘도 잠시 눈에 콩깍지가 낀 것을

그제야 알았다.

그러나 너를 멀리하려 해도 그럴 수가 없었다.

사랑은 때가 없는 것이다.

질리기 전까지.

229.

문장이

문장을 먹어 치운다.

내 머릿속으로 흡입되는 문장들은 맛이 있다.

배부르게 먹을 수 있는 문장들을 쓰고 싶다.

그런데 오락가락이다.

문장에 흠이 생기더니 산산이 흩어지고 만다.

나는 다시 문장들을 모은다.

언제까지 이런 반복을 해야 하는 것일까?

너에게 문장을 보낸다.

서툴지만 맛이라도 보라고.

손 편지면 더 좋았을 것을.

230.

시간이 지나면

저절로 해결될 일인 것을.

화부터 내고 말았다.

나도 왜 그랬는지 모르겠다.

내 성격이 다혈질이라서 그런가?

아마 그럴 수도 있을 것이다.

하지만 급한 일이기에 화를 내며 서둘기만 했다.

이제부터는

누구를 탓하기보다는 나를 탓해 볼 생각이다.

231.

당신에게로 향하는 길이

이렇게 멀 줄은 몰랐습니다.

이정표가 있었다면 쉽게 찾을 수도 있었는데.

그래서 애써 먼 길을 돌아서 왔나 봅니다.

당신도 이정표 없는 길 위에서

발만 동동 구르고 있었을지 모릅니다.

이제야 알 수 있습니다.

사랑은 이정표가 없다는 것을.

232.

아날로그가 그리워지는 날이다.

디지털이 난무하는 세상.

나도 언제부턴가 디지털의 노예가 되어가고 있다.

오늘은 시간이 아날로그로 흘렀으면 좋겠다.

사랑도 아날로그로 흘러

내 첫사랑을 찾고 싶다.

그래,

오늘은 아날로그가 제격인 날이다.

너에게 받았던 손 편지가 어디 있더라?

233.

발길이 자꾸만 너에게로 향한다.

나도 모르게 너의 앞에 섰다.

그러나 나는 아무 말도 할 수가 없었다.

너의 얼굴을 보는 순간

나는 벙어리가 되었고 다시 발길을 되돌렸다.

그리고 얼마간을 더 걷다가 집으로 돌아왔다.

나도 모르게 너에게로 향하는 의미는 무얼까?

234.

영원한 사랑이 있을까?

사랑도 오래 하다 보면 질리는 법이다.

어느 날 갑자기 변할지도 모른다.

그래서 사랑에 많은 것을 담으려는

객기를 부리기도 한다.

내가 지금 그러고 있는 것은 아닐까?

배려를 포장으로

나는 사랑을 외면하고 있는지도 모르겠다.

235.

그리워해서는 안 된다.

맑고 총명하게 바라보면

그것으로 다행이다.

미련을 두고 의미를 부여하려는 순간

집착을 하기 마련이다.

이제 너를 보내 줄 때이다.

다시 돌아온다 해도 반겨주지 않을 것이다.

그것이야 말로 내가 해 줄 수 있는 전부다.

잘 가라!

236.

싸웠다.

치고받고 싸운 것은 아니지만

싸운 것을 부정할 수는 없다.

그리고 그 이후로

너는 나에게 전화를 걸어오지 않았다.

아직도 화가 덜 풀린 모양이다.

나는 그런 너를 기다릴 생각이다.

자존심을 무기로 삐뚤어진 것은 아니다.

화가 풀리기를 기다리는 것이다.

237.

많은 시간이 흘렀다.

하지만 네가 시간의 흐름을 느낄 수 있을지는 모르겠다.

나도 가끔가다 시간의 흐름을 잊을 때가 있다.

며칠 만인가? 몇 달 만인가?

시간의 흐름을 가로막아 본다.

리고 지난날들을 생각해 본다.

막살아온 걸까?

부정하고 싶다.

238.

오랜만에 커피 전문점을 찾았다.

혹시 네가 있을까 해서.

하지만 너는 없다.

내 바람일 뿐이었다.

그래도 혹시나 해서 아메리카노를 시켜놓고 앉았다.

커피는 빨리도 식는다.

식을 동안 나는 입도 대지 않았다.

그리고 조급하게 커피를 마셨다.

사랑은 조급함일지도 모르겠다.

239.

얼굴이 퉁퉁 부었다.

지난밤에 야식을 먹은 것도 아닌데

어찌 된 일일까?

곰곰이 생각해 보니 불면 때문이었다.

지긋지긋한 불면증.

머리에 둔기를 맞은 것 같은 기분이다.

이럴 땐 너의 입맞춤이 약이 될 텐데.

내가 너무 많은 욕심을 부린 걸까?

240.

상처가 덧나지 않기를.

하지만 너는

상처를 치료할 생각은 하지 않고

덧나게 하고 있다.

더 큰 상처가 되기 전에 빨리

치료를 해야 할 텐데.

가슴 속의 상처가 그리 큰 줄은 몰랐다.

시간이 해결해 줄 거라는

작은 믿음이 있는 너.

이제는 상처를 훌훌 털어버리기를.

241.

이런 날이 제일 싫더라.

습기 가득한 눈은 내리자마자 녹아버리고

그 위를 추적추적 걷는 이 찜찜함.

한번 넘어지면 옷은,

생각만 해도 아찔하다.

종종걸음으로 인도 위를 걷는 이 기분,

속이 탈이나 설사를 해놓은 꼴이라니.

걷는 데만 신경을 쓰다 보니

머리가 지끈거린다.

242.

오늘은 너에게로 못 갈 것 같다.

너도 오늘 같은 날씨에는

나에게로 올 생각을 하지 않을 것이다.

그래 오늘 약속은 취소다.

오든 가든 간에 넘어져 다치면 큰일일 테니까.

솔직히 그보다 내 게으름이 문제다.

사랑하는 사람이라면

언제든 달려가야 하는데.

243.

오기는 오는 걸까?

온다는 시간이 훌쩍 지나갔다.

그 사이 변덕스러운 눈도 지나가고 말았다.

너의 전화는 먹통이 되었고

나는 목을 길게 빼고 네가 오기만을 기다린다.

오지 않아도 좋다.

너와의 약속시각이 지나가더라도 좋다.

오늘은 혼자서 심통을 부려볼 작정이다.

244.

갑자기 국밥이 먹고 싶어졌다.

이렇게 변덕스러운 날씨에는 국밥이 제격이다.

국밥이 아니라도 좋다.

칼국수면 어떠냐.

속만 풀어 줄 수 있다면 그만이다.

단골집에 들어서자 사람들로 왁자하다.

그중에 너와 눈이 마주쳤다.

나는 의미 없이 되돌아섰다.

245.

소주 한잔이 생각난다.

그런데 문제는 같이 마실 사람이 없다는 것이다.

나는 그동안 무엇을 했나?

처신을 어떻게 하고 다녔기에

같이 술 마실 친구 한 명도 없는가?

바쁜 것이겠지.

혼자서 무슨 술이냐.

나는 다시 길 위에 선다.

정을 나눌 친구를 찾아.

246.

등산복을 꺼내 놓고,

내일은 산행을 나설 수 있을까?

아직 준비되지 않았다.

아직도 나는 그를 잊지 못하고 있다.

그런 길을 혼자서 오른다면

가다가 지칠 것이 뻔하다.

등산복을 다시 집어넣고 한숨을 내쉰다.

너와 함께했던

시간과 장소가 많아서 나는 갈팡질팡이다.

247.

마음이 꽁꽁 얼어버렸다.

너와의 헤어짐 때문만은 아니다.

너와의 헤어짐은 무덤덤할 뿐이다.

그 무덤덤도 얼려버리는 날씨.

날씨 탓은 하지 않겠다.

어차피 겨울이니까 추운 것은 당연하다.

내 마음이 꽁꽁 얼어버린 것은

느낄 틈도 없이 흘러가는 시간 때문이다.

가슴을 열고 시간의 흐름을 느껴본다.

248.

문득 네가 떠올랐다.

바보 같은 계집애.

잘잘못을 거론하지는 않겠다.

의미 없는 만남이었고 헤어짐의 정점 없이 헤어진 너다.

그런 네가 왜 이렇게 그리워지는 것일까?

외롭긴 외로운 모양이다.

그러니까 네가 생각나지.

너의 근황이 궁금하다.

그렇다고 불륜의 씨앗을 품은 것은 아니다.

249.

꿈을 꾸었다.

너는 꿈속에서조차

내게 눈길 한번 주지 않는구나.

그래도 좋다.

너를 볼 수 있었으니.

나를 밟고 지나가는 너를 나는 무표정으로 일관했다.

말 한마디도 할 수 없었던 나.

더 이상 너에게 무슨 말을 할 수 있었겠는가.

이미 너는 너고 나는 난데.

250.

보고 있니?

오늘은 온종일 일이 손에 잡히지 않았다.

네가 보고 있지 않으니 요령만 피우고 있다.

불면을 핑계로 밤을 보내고

외로움을 핑계로 오전을 보내고,

오후는 콩밭에 갖다 놓았다.

이제는 돌아올 시간이다.

하지만 콩밭에서 더 뛰어놀고 싶다.

251.

한없이 걱정되고,

한없이 불안해 보이는 건 왜일까?

마음이 편할 날이 없다.

부모님의 마음도 이랬을까?

내가 그 나이가 되고 나니까

어느 정도 이해를 할 수가 있을 것 같다.

그리워지는 당신.

당신은 여전히 내 기억 속에 있습니다.

보고 싶습니다.

252.

젊음을 무기로 살아왔다.

나는 아직 젊다고 생각하는데

실제로는 젊음을 상실한 채

안절부절못하는 모습뿐이다.

내 젊음은 어디로 갔는가?

아직 남아 있는 젊음을 깊이 간직하고 싶다.

한 몇 년쯤 꼭꼭 숨겨 놓고 싶다.

그렇게 아껴 쓸 수는 없는 걸까?

253.

겨울비가 내린단다.

비가 내리고 나면 산뜻할 것 같은데.

내 머릿속에도 비가 내렸으면 좋겠다.

그렇게 된다면

먼지와 이물질이 비에 쓸려 내려가

맑음을 느낄 수 있을 텐데.

그러지 못해서 안타까울 뿐이다.

도대체 내 머릿속에는

뭔 쓰레기가 그리 많은 것일까?

254.

내 머릿속에 로봇청소기를

사다가 넣어 줘야겠다.

머릿속의 미친개가 싼 똥도 치워야 할 것 같고

이것저것 치워야 할 것도 많다.

그런데 머릿속에 들어갈 만한 사이즈의

로봇청소기가 있을까?

세탁기도 한 대 들여 놓으면 좋을 것 같은데.

기기에 의존하려는 버릇.

문제는 나 자신에게 있는 것을 나는 왜 모를까?

255.

음주 운전 중은 아닐까?

너에게로 향하는 길에 내 몸이 비틀거린다.

하마터면 넘어질 뻔도 했다.

그런데도 음주를 하지 않았다고 우기고 있다.

한심한 놈 같으니라고.

네가 왜 그렇게 삐뚤어졌는지 모르겠다.

핑계만 대려고 하는 녀석.

그 핑계가 나중에는 사고를 일으킬지도 모르는데.

나인 너에게 수면제를 투여한다.

숙취해소제도 필요할 것 같다.

그렇지 삼진 아웃은 어떨까?

그래야 정신 차리지.

멀쩡한 녀석.

그래도 아직 취하지는 않았구나.

256.

내 몸은

스팸으로 가득하다.

사랑도 스팸이고 전화와 문자도 다 스팸이다.

전화기를 꺼본다.

그래야 스팸이 날아오지 않을 테니까.

그런데도 스팸이 계속해서 날아온다.

그 모든 것을 압축해서

통조림 속에 쑤셔 박으면 어떨까?

어쨌든 스팸은 계속된다.

한 번쯤 스팸을 열어 볼 유혹이

더덕더덕 달라붙는다.

257.

메일이 날아오지 않는다.

읽은 것도 확인했는데 감감무소식이다.

얼마나 기다렸는지 모르겠다.

또 얼마나 기다려야 할지 기약도 없다.

약속을 한 것은 아니었다.

단지 나만의 기다림뿐이다.

가끔은 이렇게 외롭게 기다리는 것도 좋을 때가 있다.

오늘이 바로 그날이다.

258.

홀수를 만들어 본다.

홀수이니만큼 짝수는 별로 의미가 없다.

의미가 있기나 한 걸까?

오늘은 하나임에 만족하려고 했는데.

그런데 갑자기 둘이 되려 한다.

하나와 둘은 차이가 심하다.

나는 전화를 받고 외출할 준비 중이다.

귀찮게 여겨지는 저녁이다.

259.

겨울비가 내립니다.

우산 없이 걸어볼까 합니다.

그다지 추울 것 같지는 않습니다.

언젠가 당신과 함께 걸었던 길을 걸을까 합니다.

외롭겠죠?

그래도 상관없습니다.

이 길 위에는 당신과의 추억이 가득합니다.

그것만으로도 저는 만족합니다.

자, 걸어 볼까요?

260.

눈이 침침합니다.

그래서 당신을 똑바로 볼 수가 없습니다.

당신은 그런 내게 앙탈을 부립니다.

당신이 옆에 있어도 시간이 울컥거립니다.

시간을 타고 달려 볼 생각입니다.

오해는 하지 마세요.

시간여행을 할 수 있다면 얼마나 좋을까요?

당신의 어린 시절을 들여다보고 싶습니다.

261.

무작정 버스에 올라탑니다.

그리고 종점까지 갑니다.

되돌아 나오는 버스를 또 탑니다.

많은 사람들이 타고 내립니다.

그 많은 사람들은 어디를 그렇게 바삐 가는 걸까요?

그들의 발걸음을 짐작해 봅니다.

하지만 종잡을 수 없습니다.

중간에 무작정 내려 봅니다.

이제부터 방향을 잡고 걸어야 합니다.

262.

오늘은 약속이 있어.

다음에 만나자.

왜 또 그래?

오늘 같은 날은 만나야 한다고.

그래야 가슴이 따뜻해질 거라고?

그래도 어쩔 수 없어.

벌써 2주 전에 한 약속이라.

도대체 누구를 만나기에 그러느냐고?

바람피우는 건 아니냐고?

마음대로 생각해.

어차피 넌 말해도 믿지 않을 거잖아.

오늘은 네가 안달 났으면 좋겠다.

263.

택배를 보내고 싶다.

내 사랑 가득 담아 너를

놀래켜 줄 수 있는 것으로.

지난밤에 꾸었던 꿈을 선물할까?

그러나 나는 지난밤 불면으로 시간을 일관했다.

불면을 너에게 선물할 수는 없다.

녹차를 선물로 담는다.

잠 안 오는 밤 녹차를 마시며

포근하게 꿈속을 걸을 수 있도록.

264.

코드가 말썽이다.

코드를 꽂았는데도 반응이 없다.

이리저리 방향을 바꿔 봐도 무소식이다.

너의 전율을

나에게 조금이라도 전해 줄 수는 없을까?

이런 욕심쟁이.

문제를 살피다가 이쪽 코드가 빠져 있는 것을 알았다.

바보.

내 인생도 그런 것은 아닐까?

265.

당신은 지금 무엇을 하고 계신가요?

아마 꿈속에서

아름다운 이야기를 만들고 있을지 모릅니다.

살짝 당신의 꿈을 엿보고 갑니다.

너무 나무라지는 마세요.

당신의 꿈을 살짝 들여다보았을 뿐이니까요.

당신이 곤한 잠을 자고 있는지 살짝 엿봅니다.

그래요.

당신은 아름다운 꿈만 꾸고 있을 겁니다.

대신 저는 불면증으로 당신을 봅니다.

266.

뭐 하고 있니?

설마 나를 질겅질겅 씹고 있지는 않겠지.

아마 지금쯤 헤어져서 잠을 자거나

아니면 친구들끼리 맥주를 마시고 있겠지.

내가 너무 일찍 자리를 비운 걸까?

설마?

아니겠지.

어쨌든 좋다.

오랜만에 친구들을 만나서.

너희들 나를 씹어봤자 단물은 없을 테다.

너희들을 만날 때 찌꺼기만 가지고 나갔거든.

사탕수수였다면 어땠을까?

267.

찬바람이 불어

네 생각이 난다.

벌써 20년이 다 되어 가는구나.

그동안 나는 무엇을 하고 살았을까?

네가 없는 세상에서 나는 빈둥거렸을 뿐이다.

막내야 보고 싶다.

볼 수 없음이 안타까울 뿐이다.

네 사진을 보곤 해.

가까이 더 가까이 있었으면 해.

난 그리움에 풍덩 빠졌다.

어쩌지?

268.

오늘은 약을 먹어도

잠이 오지 않는다.

불면증이 고개를 들었다.

고개를 숙이기는커녕

자꾸만 시간을 까먹는다.

오랜만에 내 머릿속의 길고양이가 튀어나와

앙탈을 부린다.

구석으로 몰아내면 자꾸 빠져나가는 너.

배가 고파서 그러니?

쓰레기 더미의 통조림이 탐이 나서 그러니?

그래 머릿속을 뒤져보자.

네가 원하는 것이 분명히 있을 거다.

269.

게으름에 불을 붙인다.

게으름이 잔잔하게 타고 있다.

피곤함은 어쩔 수 없는 모양이다.

거기에 식용유 한 숟가락.

미끈거릴 순간도 없이 불이 활활 타오른다.

녀석은 막강한 힘으로 게으름을 자꾸만 부추긴다.

이제는 불을 끌 힘도 없다.

그래 같이 게으름을 뜯어 먹어 보자.

270.

왁자지껄,

게걸스럽게 모여 앉았다.

이런저런 이야기를 나누어도 신이 나지 않는다.

자리에서 일어난다.

그리곤 걷는다.

아무리 걸어도 제자리다.

나는 아직 현관 앞에 서 있다.

자꾸만 뒤통수가 따갑다.

뒷담화 때문일까?

어쨌든 나는 문을 열려고 안간힘을 쓴다.

이 자리가 낯설다.

내 집인데도.

271.

길고양이 녀석,

겁도 없이 내 옆을 실실거리며 지나간다.

뒤돌아보는 여유까지 보인다.

빌어먹을 녀석.

화가 나 발길질을 해 보지만

녀석은 꼼짝도 하지 않는다.

녀석을 어떻게 혼내 줄까?

생각해도 별도리가 없다.

동물학대로 덤터기 쓰기는 싫다.

272.

내 머릿속의 고양이는

어느 길 위에서 뒹굴다가

내 머릿속으로 들어왔을까?

녀석은 먹고 싸기를 반복해서 한다.

틈만 나면 게걸스럽게 입맛을 다신다.

식탐은 그렇다 치더라도 배설은 정말이지 참을 수가 없다.

녀석의 배설물을 어떻게 치울까 걱정이다.

내 머릿속의 미친개가 먹어 치우면 좋으련만.

녀석의 입맛이 까다롭다는 것이 문제다.

273.

뭐 하고 있니?

궁금하지만 전화는 할 수가 없다.

아마 미친개가 뛰어나왔다면

전화를 걸고 말았을 것이다.

그 뒤에서 앙숙인 고양이가 부추기고 있었을 테지.

아무튼,

전화를 걸어 미련을 남겼다면

후회하고 또 후회했을 것이다.

전화기가 무덤덤하게 나를 노려보고 있다.

274.

모든 것이 귀찮다.

아무것도 손에 잡히지 않는다.

답답한 일이다.

그렇다고 일을 만들어 하고 싶지는 않다.

귀찮게 시간이 흘러가도록 내버려 둘 것이다.

귀찮다는 말보다는 심심하다는 표현이 낫겠지?

그냥 하루를 즐기는 기분으로 맞이한다.

누워 본다.

275.

한산한 도심.

길을 걷다가 무작정 영화관으로 들어갔다.

오라 사람들이 여기에 다 있었구나.

그런데 나만 혼자다.

멋쩍게 서 있다가 되돌아 나갈까 하다가 표를 끊었다.

콜라에 팝콘까지.

그런데 뒤통수가 왜 이렇게 따끔거리는 것일까?

물론 나 혼자만의 생각이다.

식당에서 혼자 밥 먹는 기분.

276.

수시로 울리는 카톡.

뒤늦게 카톡을 확인했다.

올해는 대박 폭탄 맞으란다.

돈 폭탄도 맞으란다.

빌어먹을 폭탄은 무슨.

폭탄을 끌어안고 방바닥에서 뒹굴고 있다.

언제 터질지 모를 폭탄.

실제 살상용 폭탄이라면.

아, 아찔해진다.

폭탄은 너희나 실컷 맞아라!

너희가 바로 폭탄이다.

카톡 폭탄.

277.

오늘은 이상하게도

길고양이가 보이지 않는다.

내 머릿속의 고양이가 외로운 모양이다.

아니 발정 난 모양이다.

자꾸만 울어대는 탓에 잠을 잘 수가 없다.

머릿속에서 튀어나오려고 안간힘을 쓰고 있다.

이 녀석아 오늘은 제발 좀 조용히 있어라.

모든 것이 귀찮은 날이다.

278.

내 머릿속의 미친개가 나오려 하자

있는 힘껏 걷어차 버렸다.

잔잔히 흐르는 시간을 뒤흔들 듯 전화벨이 울린다.

오후를 흔드는 소리.

대체 넌 누구냐.

누구기에 미친개를 깨우려 하는 것이냐?

받을까 말까 망설이다가 전화를 받았다.

아니나 달라.

미친개 친구다.

279.

왁자지껄하다가

한순간 조용해졌다.

아무 소리도 들리지 않는다.

마치 세상이 정지해 버린 것만 같다.

그런데 누군가 다녀가는 인기척이 느껴졌다.

그리고 다시 쥐 죽은 듯이 조용하다.

오늘은 더 이상 바랄 것이 없다.

앞으로 이렇게

심심한 시간이 흘렀으면 좋겠다.

짠맛이 느껴지면 물을 부으면 될 일이다.

280.

산에 오를까 하다가

입구에서 돌아 나왔다.

혼자인 것이 너무도 심심해서.

어디를 갈까 하다가 무작정 걸었다.

걷다가 뒤를 돌아보았다.

분명 누군가 따라오고 있었는데 없다.

이 썰렁함은 뭐지?

모두다 네 책임이다.

네가 없기 때문이다.

바보 같은 계집애!

281.

내 머릿속의 유리창이 깨졌다.

어쩌다가 깨졌는지 나도 모른다.

유리창을 깨진 채 방치해 두었더니

온갖 쓰레기가 쏟아져 들어왔다.

신이 난 것은 미친개와

언제 들어왔는지 모를 길고양이 한 마리.

둘이 언제 그렇게 친해졌는지 나도 모르겠다.

내일은 유리창을 갈아 끼워야겠다.

282.

만나자고 하는 것을 싫다고 했다.

그동안이면 꿈을 꿀 수 있기 때문이다.

오늘은 어디로 여행을 떠날까?

마음만 먹으면 어디든 갈 수 있어서 꿈속이 좋다.

그리고 초능력을 발휘할 수 있어서 여행은 심심하지 않다.

그런데 어떻게 된 것인가?

잠이 오지 않는다.

이럴 줄 알았으면 만나자고 할 때 그러자고 할 것을!

283.

눈물을 잃었다.

나이를 먹어 가면서 점점 독해지는 모양이다.

그 많던 눈물은 어디로 갔을까?

슬픔을 너무 많이 먹어서 무뎌질 대로 무뎌진 모양이다.

그것이 무엇이 그렇게 맛있다고

많이 먹었을까?

되새김질해 본다.

차라리 너무 많이 먹어서 얹혔더라면.

284.

녀석이

내 머릿속의 고양이를 살짝 끄집어냈다.

나를 만나면 끄집어내지 못해 안달하는 것은

어떻게 된 일일까?

그리고 녀석은 뒤도 돌아보지 않고 가버린다.

허접한 녀석.

녀석의 엉덩이를 걷어차 주고 싶다.

배설만 하는 고양이를 끄집어내지 못하게.

뒷감당하지 않는 녀석이 얄미워 죽겠다.

285.

내 머릿속의 미친개가 나오면

그러려니 한다.

그런데 유독 고양이가 튀어나오면 짜증만 난다.

어디서 굴러먹던 길고양이가

어느 날 내 머릿속으로 불쑥 튀어들어 왔다.

녀석은 상처를 내지 못해 안달한다.

울어 대는 소리가 싫다.

오늘은 또 무엇으로 나를 괴롭힐지 모른다.

그래서 한순간도 마음을 놓을 수가 없다.

미친개와 길고양이가 연합하면 어쩌지?

286.

고양이가 낸 상처와 배설물을 보면

화부터 치솟아 오른다.

물론 길고양이 탓은 아니다.

내 속에 들어왔으니 이제 길고양이는 아니다.

녀석이 내 머릿속으로

튀어들어 오기 전으로 돌아가고 싶다.

그래도 어쩔 수 없는 노릇이다.

우선 녀석과 친해지려 노력해 봐야겠다.

287.

며칠 내내 그랬다.

며칠 내내 잠도 잘 수가 없었다.

약을 먹고 자려 해도 소용이 없었다.

잠을 자려 하면

내 머릿속의 발정 난 암고양이가 울어대는 통에

한숨도 잘 수 없었다.

수고양이라도 집어넣어 주어야 하나?

무엇으로 녀석의 입을 틀어막아야 할까?

그래 계속 울어 봐라.

덫으로 녀석을 잡아 끄집어낼 터이니.

그다음은 알지?

288.

이랬다가 저랬다가 성격도 참 희한하지.

어느 장단에 맞추어야 할지 모르겠다.

그래도 나는 네가 좋다.

조금만 비위를 맞추어 주면 간이라도 **빼내어** 줄 것 같은 너.

그래서 너를 만날 때면

너의 일거수일투족을 살핀다.

오늘은 조금 화가 나 있구나.

그러면서도 애써 웃음 짓는 너.

어쩐 일로 오늘은 내 비위를 맞추어 줄까?

그래도 언제 어디로 튈지 모르는 너.

289.

벌써부터 봄이 기다려진다.

혹독한 추위에도 불구하고 봄은

내 곁으로 다가오고 있다는 것을 알 수 있다.

아직은 추위로 기세등등하지만

역시 봄이 오는 길목일 뿐이다.

막을래야 막을 수 있는 것도 아니다.

상쾌하게 봄나물을 씹어 본다.

겨울이 맛있게 남아 있다.

290.

이런 빌어먹을 녀석 같으니라구.

나를 바라보는 네 시선이 싫다.

너는 언제나 그런 눈으로 나를 바라본다.

오늘도 역시 변함이 없구나.

너의 그 시선에 익숙해지려 해도

익숙해지지가 않는다.

무엇이 너를 그렇게 만들었는지 답답하다.

내게 부족한 점이 있다면 말해 줄 수 있는 것 아닌가?

어쨌든 나는 아직 너에게 관심이 있다.

291.

시간을 계단 삼아 걸었다.

계단을 걸어 오를 때마다

숨이 차오르더니 급기야 쓰러질 직전이었다.

그러다가 계단이 사라졌다.

숨이 차분해졌지만 길을 잃고 말았다.

어디로 가야 할지 망설이고 서 있었다.

오후 내내 그랬다.

시간에 얽힌 모양이다.

주위를 둘러보다가 바로 뒤에 네가 서 있는 것을 보았다.

채근하는 너.

그래 오늘은 너와 놀아 주어야겠다.

292.

자꾸만 어긋난다.

너와의 관계가 그렇다.

하지만 너를 밀어낼 생각은 없다.

삼십 여년을 너와 그렇게 걸어왔다.

시간을 날카롭게 갈아 단숨에 잘라낼 수도 있지만

그렇게 할 수는 없다.

살아 있는 동안은 그래야 할 것 같다.

그래 어디 끝까지 가보자.

그러다 보면 절대 어긋나지만은 않을 것이다.

293.

언제,

어디서,

무엇을 했느냐고 묻는다면

지금 이렇게 네 앞에 서 있다고 대답한다.

너는 어이가 없어 말문을 닫은 채 나를 바라본다.

그 모습이 귀엽고 좋다.

마음 약한 너.

그래서 너를 사랑하지 않고서는 배기지 못한다.

너는 왜 나만 보면 흔들리는 거니?

나도 너만 보면 흔들린다.

294.

모두가 내 탓이다.

시간을 엉뚱하게 쓰는 버릇을

고쳐야 하는데 그러질 못한다.

오늘은 내가 생각해도 바보같이 엉뚱해졌다.

온 종일 너를 기다리는 것.

언제 올지도 모르는데 그래도 계속해서 기다렸다.

네가 나를 보며 깜짝 놀랄 것을 생각했다.

그러나 오늘 나는 너를 만나지 못했다.

아쉽게 집으로 향하는 길 발걸음이 무겁기만 하다.

이런 젠장.

295.

길고양이가

음식물 쓰레기를 맛있게도 먹고 있었다.

녀석은 겁이 없다.

그랬기에 살아남을 수 있었겠지.

내 머릿속의 고양이가 음탕하게 웃어댄다.

그 의미는 무얼까?

녀석도 내 머릿속에서 쓰레기를 뒤지고 있을까?

생각만 해도 지긋지긋하다.

탐욕이 내 머리에 있는 한 나는

내 머릿속의 고양이를 미워할 것이다.

296.

죽은 것인지 살아 있는 것인지

모르겠다.

꿈을 꾸고 있는 것인지 현실인지

헷갈릴 때가 있다.

오늘이 그런 날이다.

내 존재가 희미하게 느껴지는 그런 기분.

미세한 움직임도 느낄 수가 없다.

이 세상이 현실이 아닌 비현실이라면?

현실의 나는 나일까?

297.

숫자로 통하는 사이.

네 번호를 찾아 전화를 건다.

그러나 대답이 없다.

나는 숫자를 다시 누른다.

그래도 변함없이 저쪽에서는 묵묵부답이다.

나는 부재중 전화로 찍히고 만다.

그녀가 볼까? 아마 확인했을 것이다.

그런데도 답신이 없다면 그녀가 나를 잊은 것이다.

안녕!

298.

안절부절못하고 시간을 보낸다.

내 머릿속의 미친개와 고양이가

나올까 말까 눈치만 살피고 있다.

아무리 안절부절못하더라도 너희들의 출몰은

어림없는 소리다.

내 머릿속을 단속하며 나는 앉아 있다.

공원 벤치.

마음이 춥다.

수다 떨 누군가가 필요하다.

299.

술이 나오자

내 머릿속의 미친개가 먼저

쿵쿵대며 냄새를 맡는다.

안주가 나오자 고양이의 꼬리가 바짝 섰다.

녀석들이 나오기 일보 직전이다.

이제부터가 시작이다.

나는 녀석들과 싸워 이길 수 있을까?

아직은 모르겠다.

녀석들을 불러내느니

차라리 자리에서 일어서는 것이 났다.

녀석들과 놀아 줄 시간이 없다.

얼굴에는 겨울이 얼근하게 녹아들어 있다.

300.

가만 보면 내가 술에 취했을 때

내 머릿속의 미친개와 고양이가 싸우는 것 같다.

서로 나를 차지하기 위한 싸움일 터이다.

나는 그 정도에서 **빠져준다**.

그러면 녀석들은 내 머릿속을 난장판으로 만들어 놓는다.

그것도 모자라 시도 때도 없이 짖거나 운다.

301.

반복되는 일상은 껌을 씹고

나는 일탈을 꿈꾼다.

망설이다가 문을 박차고 밖으로 나온다.

무작정 걷지만 갈 곳이 없다.

편의점에서 껌을 사 씹기 시작한다.

단물이 빠질 즈음 나는 마냥 길을 잃었다고 한탄한다.

모든 것이 내 머릿속에 숨어서 나오지 않는 네 탓이다.

그러고 보면 내 머릿속에는 세 녀석이 있다.

미친개와 고양이 그리고 좀처럼 모습을 드러내지 않는 나인 너.

그래 오늘은 우리 사 자대면 이나 해보자.

누가 이길까?

다시 일상이 껌을 씹는다.

302.

오늘은 여기까지.

쉬면서 걸어가자.

마냥 가야 하는 길 서두를 필요는 없다.

내가 서둘지 않아도 시간은 나를 데리고

시간여행을 시작한다.

시간여행이라고 별다른 것은 없다.

우리는 모두 시간 위를 걷는 시간여행자들이다.

문제는 시간을 어떻게 쓰는가이다.

303.

네가 보고 싶다.

너에게 손 편지를 쓴 것이 마지막이었다.

나는 이후로 편지를 쓰지 않았다.

그런데 오늘은 손 편지가 받고 싶다.

너라면 나에게 편지를 보내 줄 수도 있을 것 같은데.

나는 그 자리 그곳에 있다.

시간 나면 나에게 다녀갈 수 없겠니?

304.

내 화단에 배설물이 늘어

갈수록 나는 삭막하게 길고양이를 대한다.

물론 머릿속의 고양이도 마찬가지다.

녀석은 혼자서도 모자라 동료들까지 데려와

내 화단을 배설물로 가득 채운다.

녀석과 마주치면 녀석은 오히려 더 삭막한 얼굴로

나를 노려본다.

언젠가는 네 녀석을 꼭 물어주고 말 테다.

305.

다시는 볼 수 없는 건가요?

나도 참 미련하죠.

많은 시간이 흐른 지금에 와서야

당신을 그리워하고 있으니 말이에요.

미련이라는 백지 위에 당신과 했던 일들을 그려 봅니다.

지금도 이렇게 생생한 것을 보면

아마도 당신을 많이도 사랑했었나 봅니다.

당신이 그립습니다.

한 번쯤 만날 수 있을까요?

306.

내가 알던 당신입니까?

설마요.

그럴 리가 없습니다.

내가 알던 당신은 항상 웃음을 참지 못했습니다.

뭐가 그리 당신을 그렇게 만들었는지 모릅니다.

모두가 나의 무딘 성격 탓이겠지요.

사랑하는 당신의 얼굴에서 웃음이 사라졌습니다.

그래요.

당신이 웃을 수만 있다면

나는 나를 포기할 수 있을 것도 같습니다.

307.

이 시간 당신은 자고 있겠죠.

혹시 내 꿈을 꾸고 있는 것은 아닌가요?

당신의 곁을 서성이다가 되돌아옵니다.

당신, 악몽은 꾸지 마세요.

내가 당신의 악몽이라면

쓰레기봉투에 담아서 내다 버리세요.

그것도 모자란다면 욕이라도 실컷 해주세요.

그래요, 집착이 문제군요.

308.

시작된 불면은 시간을 가리지 않는다.

그래서일까?

너를 바라보는 나의 눈은 또렷하기만 하다.

애써 싸울 필요가 없다는 것을 알면서도

나는 기어코 너와 싸운다.

결국 지는 것은 나뿐이다.

그래서 받아들이기로 했다.

차라리 받아들이는 것이 속 편하기 때문이다.

이 긴 밤 책을 펴본다.

그런데 눈에 들어오지 않는다.

무엇을 바라는 것이냐?

멍하니 앉아 있다.

오늘도 나는 너에게 질 것 같다.

이 빌어먹을 불면 같으니라고.

팰 수 있다면 너를 두들겨 패고 싶다.

309.

생강차를 마십니다.

톡 쏘는 맛이 당신을 생각하게 합니다.

당신도 일상에서 나와 같은 생각을 하고 있습니까?

그저 짐작해 봅니다.

그래요.

내 무심함 때문입니다.

그래서 당신은 꼭꼭 숨어버리고 말았습니다.

사랑하는 당신,

당신 탓은 하지 않겠습니다.

310.

오늘은 당신을 보러 갔습니다.

당신이 없는 텅 빈 자리가 안타깝습니다.

내가 없는 자리도 그러했을 겁니다.

우리 만납시다.

지금. 아무리 불러도 대답 없는 당신.

당신이 그리워집니다.

무엇을 한들 손에 잡히겠습니까?

조금만 참고 기다려 줄 수는 없었던 걸까요?

바보 같으니!

311.

당신에게서 받은 편지를 읽어 봅니다.

사랑이라는 단어가 유독 신경 쓰입니다.

그런데 지금 우리는 무엇을 하고 있는 걸까요?

서로의 연락처도 모른 채 전전긍긍하고 있으니 말이에요.

일주일이 십 년을 넘었습니다.

이제 와서 미련스럽게 당신을 찾는 것은

못다 한 이야기가 아직 남았기 때문입니다.

당신, 행복하신가요?

당신이 행복하다면 저 또한 행복합니다.

당신도 내 편지를 읽고 있을까요?

312.

녀석아!

어제는 너를 생각하며 산에 올랐다.

너를 생각하면 아직도 아쉬움이 남는다.

힘겹게 오르던 계단 길.

너무 심한 운동을 했던 것일까?

그래서 견디지 못하고 주저앉은 것일까?

왜 그때는 네가 아주 먼 곳으로 가리라는 것을 몰랐을까.

지금은 추억이 추억을 먹는 시간이다.

그래서 네가 더더욱 그립다.

313.

단순해지고 싶다.

미련과 집착,

그리고 그리움을 내 속에서 지워버리고 싶다.

그래도 마음대로 되지 않는 것은

살아 있는 사람들의 숙명일 것이다.

내 단순함을 찾아본다.

없다.

제기랄!

숙명조차 질겅질겅 씹다가 뱉어버리고 마는

껌이었으면 좋겠다.

314.

무슨 수로 너를 막을 수 있겠니?

너는 해답이 없다.

어쩌면 영원히 답이 없을지도 모르겠다.

그래서 상관하지 않으려고 하는데

너마저 잃을까 겁이 나기도 한다.

너의 이름을 새로 지었다.

벽창호!

언제까지 속을 태울 거니?

너는 나의 일부분이다.

그래서 안타깝기만 하다.

미련퉁이.

315.

나는 이렇게 살아가고 있다.

너는 저렇게 살아가고 있다.

그리고 나는 불륜을 생각한다.

그래서는 안 되지.

알면서도 유혹을 떨쳐 버릴 수는 없다.

지우기로 했다.

나는 그런 용기가 없다.

그리고 무작정 혼자만의 불륜으로

너를 화나게 하고 싶지 않다.

쏘리!

316.

내 머릿속의 고양이가 나왔다.

틈도 보이지 않았고 부르지도 않았는데

녀석이 나왔다.

그리곤 나를 노려보고 있다.

빌어먹을 녀석.

너는 생각만 해도 건방지다.

내 머릿속의 음식물쓰레기가 없어서 나온 것이냐?

꿈에 나타날까 봐 겁난다, 짜샤!

미친 고양이.

317.

왜 내 머릿속에

미친개와 미친 고양이가 들어 왔는지 모르겠다.

말만 하면 트집을 잡으려는 녀석들.

그리고 부정하고 또 부정하는 나 아닌 너.

나는 너희를 내 머릿속에서 모조리 쓸어버릴 수 있을까?

오늘의 과제다.

한번 지켜보기로 한다.

318.

무엇을 할 수 있을까?

너에게 해 줄 것이 아무것도 없다.

사랑한다는 말 밖에는.

그런데 언제부턴가

그 말이 넋두리가 되고 말았다.

얼음을 와작와작 씹어 본다.

정신이 바짝 든다.

다시 너에게 무엇을 해 줄 수 있는지 생각해 본다.

그래도 사랑밖에 없다.

난 너에게 부족함이 많은 존재인 것 같다.

319.

활활 불타는 사랑에

찬물을 끼얹었다.

찬물은 금세 얼음덩이가 되었다.

내 마음도 얼어버리고 말았다.

누구냐?

찬물을 끼얹은 녀석이.

그건 바로 나이면서도 내가 되기를 꺼리는 바로 너다.

사랑은 식어버리고 말았다.

나는 사랑을 불태우기 위해 남아 있는 불씨를 찾는다.

그런데 없다.

발만 동동 구르는 오후가 될 참이다.

320.

나는 아직 달릴 준비가 되지 않았다.

출발선에도 도착하지 못했다.

서둘러 출발선으로 다가가지만

이미 모두가 출발하고 난 뒤였다.

나는 그 뒤를 따라 걷는다.

주위를 돌아보는 여유까지 부리면서.

달리고 싶지만,

오늘은 그만 포기하고 싶다.

일상의 여유를 가져본다.

쉬어 가는 것도 때론 필요하다.

321.

무엇 때문에 그러는지 모르겠다.

나는 온전히 너의 화풀이 대상이 되고 말았다.

그렇다고 덩달아 화를 낼 수도 없다.

시간이 지나면 화가 풀리겠거니 생각한다.

나는 벙어리가 되고 만다.

너의 변덕을 어떻게 맞출까?

살아가는 데 정답이 있었으면 좋겠다.

322.

오늘은 입맛이 돌지 않는다.

혼자 식사하는 것도 이제는 질렸다.

같이 점심을 먹을 친구를 찾는다.

그러나 오늘따라 모두가 바쁘다.

오늘은 식사를 거를 참이다.

대신 나른하게 커피를 마신다.

커피처럼 달콤하면서도 쓴맛이 어쩌면 인생인지도 모르겠다.

323.

이 녀석!

너는 예뻐해 주려 해도 예뻐해 줄 수가 없다.

항상 사고만 치고 다니는 녀석.

내 머릿속에 숨으면 그만이려니 하겠지만,

앙탈을 부려볼 심산이지만 소용없다는 걸 잘 알 것이다.

그래서 숨어 있는 것이겠지.

오늘은 너와 승강이를 벌이고 싶은 생각이 없다.

내 머릿속의 미친개와 어디 신 나게 싸워봐라.

324.

화초들이 말라 간다.

물을 주자 벌컥벌컥 잘도 마신다.

내 게으름이 너희의 목을 죄고 있었다.

미안하다.

오늘은 너희들과 대화를 해볼 참이다.

그렇게 물을 주는 데도

뭐가 모자라 자꾸만 말라가는 것이냐?

너희들 모두를 데리고 병원에 가 봐야겠다.

그래 봤자 내 게으름에 주사를 놓겠지!

325.

벌써 노안이 오는 것일까?

글자들이 희미하게 보인다.

겹쳐 보이기도 한다.

글자들이 글자들을 먹는다.

시간이 시간을 잡아먹고 있다.

이대로는 답답해 죽겠다.

흔들리다가 말겠지 생각한다.

그러나 증상은 쉽게 가라앉지 않는다.

안경을 맞추어야겠다.

현명한 눈을 갖고 싶다.

326.

지난밤에 무엇을 하고

싸돌아다녔는지 모르겠다.

약속이 있었던 것 같기도 하고 또

약속 없이 무작정 찾아간 것 같기도 했다.

기억나는 것은 그녀를 만나지 못했다는 것이다.

다시 집으로 들어온 것 같은데.

또 기억이 없다.

빌어먹을 블랙아웃 같으니라고.

이번에 내 머릿속에서 튀어나온 것은 누구냐?

327.

머릿속이 엉망이다.

도대체 누가 어질러 놓은 것이냐?

푸닥거리 좀 해야겠다.

그보다도 먼저 청소를 해야 할 것 같은데.

어디서부터 치워야 할지 막막하다.

쓸데없는 것은 버린다지만

내 머릿속의 쓰레기통을 찾을 수가 없다.

막연히 앉아 있다.

328.

전화를 걸어 본다.

이 편리한 기계가 황량한 시간을

벗어나게 해 줄 것이다.

그러나 생각과 달리 울리지 않는다.

그녀는 지금 이 시간에 무엇을 하고 있을까?

나는 전화기만 만지작거린다.

먼저 전화를 해 볼까도 생각해 보지만 이내 포기하고 만다.

그리움을 곱씹어 본다.

내 머릿속에서는 쉬지 않고 전화벨이 울린다.

그렇게 시간은 마냥 흘러간다.

329.

그녀가 가 버렸다.

뒤도 돌아보지 않고 야속하게 가 버렸다.

그녀가 가버린 그 뒤를 걷는다.

외롭고 춥다.

찬바람이 뼛속까지 느껴진다.

그녀 앞에 다시 설 수 있을까?

나는 다시 뒤돌아선다.

그녀와 함께했던 길을 걸어볼 참이다.

그녀가 오해했던 그 길을!

330.

아무 말도 하지 않는다.

말을 하지 않으니 속내를 알 수가 없다.

그렇다고 멍하니 얼굴만 보고 있을 수는 없다.

말을 꺼내야 하는데 무슨 말 먼저 해야 할지 모르겠다.

지금은 눈치만 살피는 중이다.

앞에 앉아 있는 것만으로 위로가 될 수 있을까?

그녀가 말을 꺼낼 때까지 기다리는 수밖에 없다.

우린 얼굴을 마주 보는 것으로

벌써 많은 대화를 나누고 있는 중이다.

331.

네가 쌀쌀 맞게 나를 대한다.

그러더니 휙 돌아서고 만다.

희미해지는 너의 모습.

대체 어디로 간 것이냐?

또 저편에서 나타나는 너.

아직도 내 꿈속에 주연으로 등장하는 것을 보면

아직도 나는 너를 잊지 못한 것 같다.

그나마 너를 꿈속에서 보는 것만으로도

나는 행복하다.

332.

우리 함께

눈길을 걸었던 적이 있었던가?

생각해 보면 한 번도 눈길을 걸었던 기억이 없다.

오늘은 너와 손잡고 눈을 맞으며 눈길을 걷고 싶다.

걷고 걸어도 지칠 것 같지 않다.

그런데 문제는 네가 약속이 있다는 것이다.

과연 그 약속을 깨고 나에게 올 수 있을까?

333.

백지를 앞에 놓고 앉았다.

이제부터 나에게 각서를 쓸 생각이다.

그런데 마땅히 떠오르는 것이 없다.

금주, 금연 또? 막혀 버렸다.

올해의 각서는 유명무실해질 것 같다.

이 불길한 기운은 뭐지?

다시금 반성의 시간을 가져 본다.

그런데 넌 뭐냐?

334.

택배가 오기로 되어 있는데

아직까지 오지 않는다.

토요일이라 오지 않는 걸까?

하지만 예전에도 토요일에 택배가 왔었다.

그리고 택배가 온다고 문자도 찍혔다.

친구와 약속이 있는데 이도 저도 하지 못하고 있다.

그러다가 전화를 걸어 간만의 약속을 취소한다.

취소하자마자 택배가 날아왔다.

제기랄.

좀만 참을걸.

다시 전화를 건다.

335.

길고 짧음을 가늠해 본다.

누구에게는 긴 시간일 테고

누구에게는 짧은 시간일 것이다.

내게는 길고 지루한 시간이다.

맛있게 시간을 먹고 싶다.

일을 만들어 이것저것 해본다.

그러나 시간은 무미건조하다.

오늘도 심심한 하루가 될 판이다.

그것이라도 즐겨볼까?

336.

그리 나쁘지 않은 날이다.

시간은 평온히 느리게 흘러간다.

간만에 휴식을 취해 본다.

커피를 마시는 호사까지 느껴본다.

이렇게 아무 일 없이 흘렀으면 한다.

그러나 앞으로 무슨 일이 생길지 모르는 일이다.

방어 태세를 갖추고

당황하지 않을 준비를 한다.

337.

그러고 보니

아직 달력을 넘기지 않았다.

벌써 한 달이 흘렀다.

시간이 이렇게 빨리 갈 줄이야.

12월도 얼마 남지 않은 것처럼 느껴지는 이유는 뭘까?

이 불안함은 뭐지?

나이가 먹어 갈수록 빨리 흘러가는 날들이

아깝게 느껴진다.

오늘은 뭐든 해야겠다.

338.

너를 보면

나를 보는 것 같아서 아찔할 때가 있다.

나를 흉내 내는 것인지 아니면 나를 닮은 것인지.

사랑하는 사람은 닮아 간다고 하던데

정말 그런 것인가?

나는 신선했던 너의 모습이 좋다.

나를 닮아가지 않았으면 좋겠다.

그래도 하나인 것이 좋다.

339.

호흡이 되지 않는다.

물속에서 허우적거리기까지 한다.

이대로 가라앉는 것인가?

물과 친했지만, 지금은 물이 두렵다.

물과 친해지기 위해 수영장 구석에서 발차기 연습을 한다.

호흡은 곧 돌아왔고 물과 익숙해지기 시작한다.

너무 오랜만이다.

그래서 반가움도 잊었다.

340.

게으름만 늘었다.

몸무게도 늘었다.

그만큼 시간도 흘렀다.

겨울은 막바지로 향하고

나는 여전히 게으름으로 하루를 일관한다.

어디엔가 벌써 와 있을 봄을 찾아본다.

아직 봄은 기지개를 켜지 못한다.

겨울이 모두 가기 전에 나도 무언가를 해야 할 것 같다.

게으름의 엉덩이를 힘껏 걷어차 주는 것.

341.

벌써 바람이 들었다.

봄바람이 섞인 겨울바람.

바람 길을 가늠해 본다.

어디에서부터 시작되어 어디에서 끝나는가?

긴 여행길이 지루하기도 했을 텐데.

바람은 내게로 왔다가 슬며시 지나쳐 간다.

애써 바람을 잡아 보지만 소용이 없다.

바람을 타고 나도 여행을 떠나고 싶다.

그러나 콧바람만 들었다.

342.

내 머릿속 녀석들이 잠잠하다.

출몰할 때가 된 것 같은데 무소식이다.

어쨌든 좋다.

네 녀석들과 얽히고 싶지 않은 오늘이다.

잠을 자고 있는 것일까?

그래 고단할 만도 하지.

그런데 나는 왜 너희들을 걱정하고 있는 것일까?

그사이 정들었단 말인가?

343.

봄을 맞이하기 전에 청소를 해야겠다.

그러나 엄두가 나지 않는다.

뒤죽박죽인 머릿속.

녀석들이 어질러 놓은 탓에 한숨만 나온다.

그래도 어쨌든 청소를 해야겠기에 빗자루를 들어 본다.

소용없다.

치우면 치울수록 끝이 보이지 않는다.

빌어먹을 녀석들.

344.

지워지지 않는 기억들.

내 머릿속의 녀석들만 탓할 수는 없다.

모두가 나인 것을.

스스로 만들어 낸 미친개와 고양이 그리고 나인 나.

녀석들을 쫓아낼 수도 그렇다고

두들겨 팰 수도 없는 노릇이다.

기억들을 정리한다.

아! 예전의 그녀가 보고 싶다.

345.

내 머릿속에도 폭설이 내렸다.

그 위를 녀석들이 걷기 전에 내가 먼저 걸었다.

나란히 찍힌 발자국.

내 머릿속의 쓰레기 더미도 하얗게 덮어 버렸다.

기억들을 천천히 생각하며 걷는다.

새록새록 피어나는 추억들.

하지만 같이 할 수 없어서 아쉽다.

그립다.

346.

내 모든 걸 보여주고 싶지만

너는 다르다.

이리 재고 또 저리 재고

쉽사리 마음을 열지 못한다.

나는 너를 기다리는 중이다.

이제 기다리는 것도 지쳤다.

어떻게 하면 너의 마음을 사로잡을 수 있을까?

그것이 궁금하다.

시간 나면 내 꿈속에라도 들렀다 가기를.

347.

화가 난 너의 모습에

나는 당황하고 말았다.

내 잘못도 아닌데 모든 것을 나에게 떠넘기고 있으니

당황하지 않을 수 없다.

도대체 무슨 일이 있었던 걸까?

말을 하지 않고 입을 다문다.

그러더니 불쑥 가버린다.

나는 어쩌라고.

그래 실컷 화를 내라.

속에 쌓아두면 병이 되는 법이니.

나는 그저 지켜볼 뿐!

348.

강박장애가 생겼다.

언제부터인지는 모르겠다.

어느 날 문득 확인하고 또 확인하는 버릇이 생긴 것이다.

확인하지 않고서는 집 밖에도 못 나가고

또 손을 씻기를 반복한다.

그리고 전화로 그녀를 확인하기도 한다.

이러다가 은둔형 외톨이가 될지도 모르겠다.

349.

숫자가 부족하다.

나를 채울 수 있는 숫자를 모으는 중이다.

그런데 쉽게 모이지 않는다.

숫자가 모일만하면 한순간에 사라지고 만다.

그래서 숫자가 지겹다.

나는 지금 숫자를 먹고 싶다.

지겹도록 칼칼하게 요리해 먹을 참이다.

그러다 보면 숫자의 의미를 알 수 있을 것도 같다.

350.

너는 숫자를 센다.

하루하루를 먹는다.

맛있게도 먹는다.

그리곤 몇 번째 기념일인지 확인하려 한다.

그럴 때면 내 머릿속이 텅 빈 것처럼 바보가 된 기분이 든다.

숫자를 까먹었다고

너는 심술을 부리지만 나는 얼렁뚱땅 넘어가고 만다.

너에게 숫자는 세라고 있는 것이다.

나에게 숫자는 텅 빈 고객이다.

351.

사진을 본다.

아직도 너의 사진이 있다는 것이

믿어지지 않는다.

모든 것을 정리했는데

이 사진만은 남아 있을까?

책 속에 꽂아 두었던 이유를 모르겠다.

아마도 한 장쯤은 너를 기억할 빌미로

남겨 두었던 모양이다.

오늘 만은 너를 생각한다.

그립다.

352.

너의 가슴을 향해

큐피드의 화살을 당겼다.

그래도 너는 꼼짝하지 않는다.

도대체 무엇으로 너의 마음을 가져올 수 있을까?

다시 시위를 걸지만 소용없다.

언제까지 너를 바라보고 서 있어야 하는 것이냐?

그래 누가 이기나 보자.

너를 향한 나의 마음은 변함이 없다.

353.

우기는 통에 머리가 지끈거린다.

둔탁한 무엇엔가 된통 얻어맞은 꼴이다.

자근자근 따져 봐도 녀석은 자기가 옳다고 우긴다.

그만 하자고 해도 우기는 통에 화가 날 지경이다.

녀석은 혈압을 올리면서 자꾸만 토를 단다.

녀석의 낚시질에 짜증이 난다.

354.

이 녀석도 이젠 많이 늙었다.

겨우 3년이 지났을 뿐인데

제 속도를 내지 못하고 있다.

자꾸만 말썽을 피우는 통에 병원에도 몇 번 다녀왔다.

그런데도 소용이 없다.

총알처럼 빠른 너의 젊음은 어디로 간 것일까?

새로운 노트북을 사야 할까?

너의 느림에 나도 느려졌다.

355.

먼저 전화를 걸어오더니

바로 바쁘다며 전화를 끊어 버리는 그녀.

도대체 뭘 바랐던 것일까?

기다림.

그래 기다려 보자 다시 울리는 전화벨 소리에

기다렸다는 듯이 전화를 받았다.

그러나 이번에도 긴 통화는 할 수 없었다.

뭐야?

사람을 가지고 노는 거야?

356.

너는 이미 나다.

그리고 나 또한 이미 너다.

그런데 뭐를 더 확인하고 싶은 것일까?

너는 항상 확인하려고 한다.

내가 무엇을 하고 있는지,

무슨 일을 하고 있는지.

너의 그 집착이 자꾸만 너를 멀리하게 한다.

그럴수록 너의 집착은 커져만 간다.

그것은 모든 것이

너를 믿지 못하게 만드는 내 책임이다.

357.

서서히 너에 대한 기억들이 무뎌지고 있다.

한순간도 잊지 않겠다던

나와의 약속이 무너지고 있다.

아무리 불러도,

만나고 싶어도 만날 수 없기에

더더욱 그런 모양이다.

핸드폰에는 아직 너의 전화번호가 남아 있다.

걸어 볼까 하다가 그만둔다.

너의 가족에게 더 이상의 슬픔을 안겨 줄 수는 없다.

간 사람은 이미 간 사람이다.

하지만 가끔 너의 생각이 나면 어쩔 수 없이 슬퍼진다.

358.

이 녀석은 시도 때도 없이 찾아온다.

조금만 방심해도 기다렸다는 듯이 찾아온다.

걷다가도,

가만히 앉아 있다가도,

TV를 보고 있다가도,

식사를 하다가도 여지없이 찾아와 죽음을 상기시킨다.

내겐 도리가 없다.

공황장애라는 녀석의 엉덩이를 차주고 싶다.

359.

어지럽다.

녀석이 오려는 모양이다.

약을 먹고 자리에 누웠다.

오만가지 생각들이 나를 주눅이 들게 하더니

이제는 숨 쉬는 것조차 버겁다.

녀석은 길도 잃지 않는 모양이다.

그냥 감기였으면 좋았을 것을.

녀석이 오는 길은 정해져 있지 않다.

그래서 대비도 할 수 없다.

360.

미끄러져 나가는 시간이다.

마치 눈썰매를 타는 것처럼 신이 난다.

그것도 잠시 어느 지점에선가 느려지기 시작하더니

시간이 멈추었다.

이대로는 무리다.

누군가와 대화를 해야 할 것 같은데 마땅한 친구가 없다.

다시 눈썰매가 시간을 잡아끌기 시작한다.

361.

하얀 눈 위에

길고양이의 배설물이 가득하다.

녀석은 꼭 그곳에서만 볼일을 보고 간다.

미워할 수밖에 없다.

방법을 강구하지만 별도리가 없다.

무슨 개도 아니고 배설물이 풍부하다.

녀석은 어디에서 무얼 먹었기에 그렇게

배설을 밥 먹듯이 하는 걸까?

괘씸한 녀석.

누구에게 하소연할 수 있겠는가?

362.

기다려요.

같이 갑시다.

그러나 그녀는 뒤도 돌아보지 않고

먼저 앞장서서 걸어가기 시작한다.

그러다가 내가 따라오는 것을 보고 택시를 잡아탄다.

내가 무엇을 잘못했기에 그러는 것일까?

그녀가 떠나고 난 자리에 찬바람만 횡하니 분다.

야속한 그 사람.

363.

술이 생각나는 저녁이다.

그러나 같이 마실 사람이 없다.

그래도 상관없다.

혼자서 마시면 뭐 탈이라도 난단 말인가.

조금은 쓸쓸해 보이겠지.

소주를 마시면 취할 것 같아 호프를 마신다.

누가 잔을 비우자고 말할 사람도 없고

양껏 먹으면 그만이다.

실내에 퍼지는 음악을 벗 삼아 본다.

그러나 머릿속의 녀석들에게 빈틈을 보이지 않으려 안간힘을 쓴다.

364.

무슨 할 말이 저리도 많을까?

술 마시면서 오버를 하는 저 남자.

어디서 많이 본 것도 같은데 기억이 나지 않는다.

술만 마시면 그 사람이 그 사람 같아 보일 때가 있다.

그러다 보면 실수할 때도 있고.

실수하지 않기 위해 술집을 나선다.

바람이 그윽하다.

365.

천천히 걷는다.

시간도 넉넉하다.

약속 없는 발걸음은 무겁기만 하고

약속 없이 불어오는 바람은 나를 자꾸만 채근한다.

목적지 없는 발걸음은 자꾸만 그녀의 앞에서 서성이려 한다.

나는 꾹 참고 그와는 정 반대로 길을 향한다.

때론 혼자이고 싶을 때가 있는 것이다.

366.

이런 나쁜 놈.

친구를 만나고 있단다.

내가 아는 친구다.

그런데도 연락이 없다니 야속한 녀석.

차라리 그냥 약속이 있다고 할 것이지.

왜 내 가슴에 불을 지르는 것이냐.

가겠다고 했더니 이제 자리에서 일어나려 한다고 한다.

이런 고약한 녀석.

여기까지 고약한 냄새가 난다.

367.

안경이 깨졌다.

바닥에 내려놓은 것을 깜빡 잊고 밟은 것이다.

산산조각이 난 안경.

두 개의 다리가 부러졌고

코 받침이며 안경알이 바닥에 나뒹군다.

아까워서 어쩌나.

보조 안경을 쓰고 안경을 고쳐 보려 하지만 엄두가 나질 않는다.

이런 바보!

368.

왜 자꾸만

치아 사이에 이물질이 끼는 걸까?

시간조차도 이빨 사이에 껴서 빠질 기세가 보이지 않는다.

양치질을 해 보지만 소용이 없다.

자꾸 신경 쓰여서 이쑤시개를 사용해 보지만

녀석은 만만치가 않다.

녀석과의 싸움 한판.

결국에는 빠졌다.

내 잇몸을 엉망으로 만들고.

시간도 조심해서 씹어 먹어야 할 것 같다.

369.

시간을 주전자에 담아

팔팔 끓이고 있는 중이다.

녹차라도 내려 마셔야 술이 깰 것 같다.

오늘은 나의 완승이다.

내 머릿속에 들어 있는 녀석들이

아직 한 마리도 나오지 않았으니 말이다.

심심한 오후를 음미하고 있다.

녀석들도 녹차를 마시면서 심심함을 달랬으면 한다.

370.

다짜고짜 소리 먼저 지르고 본다.

하지만 마음만은 그렇지 않다.

그런데도 행동은 그렇지 않다.

미안해서 먼저 손을 내미는 쪽은 물론 나다.

그러나 상처받은 가슴은 쉽사리 풀릴 기미를 보이지 않는다.

성격이 모가 난 탓에 빚어진 일이다.

성격부터 둥글게 깎아내야겠다.

371.

가슴에서 꽉 막혀버리고 말았다.

답답하다.

누가 이 꽉 막힌 속을 풀어 줄 수 있을까?

어쩔 수 없다.

혼자 감당하는 수밖에.

하지만 방법을 찾을 수가 없다.

언제부턴가 가슴 막힘이 몸에 익어버리고 말았다.

원인을 알 수가 없다.

바늘로 손을 따 본다.

372.

다 죽어가던 화초가

다시 살아나기 시작했다.

게으름을 탓하며 물을 주다 보니

녀석이 어느새 팔팔해졌다.

녀석도 봄이 오는 것을 알고 있는 모양이다.

미안하다.

너를 방치해 두었던 나이기에 더더욱.

네가 꽃을 피울 즈음이면 겨울은 저만치 줄행랑칠 것이다.

다가올 봄이 기다려진다.

지금부터라도 몸에 덕지덕지 붙은 게으름을 벗겨 내야겠다.

373.

고칠 점이 한둘이 아니다.

그래서 중급 레인에서 발차기와 호흡을 연습한다.

그러나 체력이 따라와 주지 않는다.

그 좋았던 몸매도 엉망이 되어 버리고 말았다.

두 시간 동안 통나무가 되어 수영장을 돌아다녔다.

초심으로 돌아가고 있는 중이다.

374.

무슨 말을 해야 할지 모르겠다.

그래서 할 수 없이 너를 돌려보내고 말았다.

마음이 편치 못하다.

네가 오해를 한다고 해도

나는 변명 거리를 만들어 내지 못할 것이다.

우린 비밀을 만들지 않기로 했었다.

막상 닥치고 나니 그 말이 후회가 된다.

누구나 비밀 하나쯤은 가지고 산다.

나도 나름 말 못할 비밀이 있다.

오해하지 말기를.

375.

너를 초대한다.

그러나 너는 말꼬리를 흐린다.

온다는 것인지 오지 않겠다는 것인지 알 수가 없다.

온다고 하기에 집 안 청소를 했다.

그런데 다시 못 온다고 전화가 왔다.

다른 급한 약속이 생겼다는 것이다.

따져도 말 못하는 너는 빌어먹을 녀석이다.

376.

너를 생각하는 내 마음을

너는 알까?

아마 모를 것이다.

나도 내 마음을 모르는데 네가 어떻게 알겠는가?

그러면서도 내 마음을 알아주기를 바라는 것은 억지다.

전화를 걸어 너에게 억지를 부려본다.

그래도 잘 받아 주는 너.

나는 네가 더 알고 싶다.

377.

기억을 잃었다.

기억이 끊겼다 붙었다 한다.

도무지 기억의 조각을 맞출 수가 없다.

누군가 옆에 있었던 것 같기도 하고

없었던 것 같기도 하다.

누가 집에다 데려다 준 것 같기도 하고

아닌 것 같기도 하고.

내 머릿속의 녀석들이 한꺼번에 튀어나온 모양이다.

378.

나이면서 너인 나를

머릿속에서 불러내 조용히 면담한다.

언제까지 그렇게 살 거니?

녀석은 대답이 없다.

언제부턴가 내 반쪽이 머릿속으로 숨어 버리고 말았다.

그리곤 항상 삐딱하게 나를 바라본다.

너를 언제쯤이면 온전한 나로 받아들일 수 있을까?

379.

운동을 마치고 돌아오는 길.

발걸음이 가볍다.

바람이 땀 속에 녹아든다.

늦은 점심을 먹기 위해 식당으로 들어선다.

낯설지 않은 식당.

단골집이다.

그래서 혼자 식사를 하기에는 제격이다.

그런데 따가운 이 시선은 뭔가?

감자탕이 나를 뚫어지게 바라보고 있다.

어찌할 건데? 하며.

380.

그녀에게 가야 한다.

물론 약속을 한 것은 아니다.

불쑥 나타나 그녀를 깜짝 놀라게 할 생각이다.

하지만 이 방법도 많이 써먹어서 통할지 모르겠다.

그래도 난 갈 생각이다.

그녀가 계속해서 내 마음에 자리하고 있는 한.

그녀가 온전히 나일 때까지.

381.

문예지가 도착했다.

설레는 마음으로 문예지를 들여다본다.

문자들의 나열이 싱거우면서도 매끄럽다.

나는 그 위에서 눈썰매를 탄다.

참 잘도 달린다.

눈썰매는 한길로만 달린다.

나는 그동안 무엇을 했을까?

문자들의 뒤만 그림자처럼 따라다녔다.

382.

사랑은 쓰면서도 달콤하다.

처음 사랑부터 거슬러 본다.

그 사랑은 쓰기만 했다.

달콤해질 즈음 끝이 나고 말았다.

두 번째 사랑은 달았다.

하지만 시간이 지날수록 단물이 빠지면서 무의미해졌다.

그 무의미함이 사랑을 두드린다.

문제는 내가 아직 준비되지 않았다는 것이다.

383.

어디쯤?

내가 항상 그녀에게 묻는 말이다.

그러면 항상 같은 대답이다.

가고 있어.

좀 일찍 나오면 안 되나?

왜 매번 사람을 기다리게 하는지 모르겠다.

이젠 버릇이 되고 말았다.

그래도 좋다.

기다림이 설레는 것을 보면

나는 그녀를 사랑하는 것이다.

384.

시간이 왜 이렇게

빨리 흐르는지 모르겠다.

잠시 잠깐인 것 같은데 몇 년이 흘러 버리고 말았다.

모두가 계절 탓이다.

물론 내 탓도 있겠지만,

계절에 대비하느라 뒤를 돌아보지 못했다.

지금은 사랑의 계절이다.

이젠 천천히 흘렀으면 좋겠다.

사랑으로 나를 가득 채우고 싶다.

385.

텁텁함을 씹는다.

그렇다고 놀라지는 마라.

모두가 내 사정이니.

시간이 텁텁하고 쓸쓸하다.

이럴 때면 늘 너를 생각한다.

네 말을 듣는 것이었는데.

그러지 못해서 안타까울 따름이다.

지금도 아직은 늦지 않았다.

그런데 나는 왜 딴 짓만 하고 있는 것일까?

386.

너에 대한 근심이 폭설로 내렸다.

오도 가도 할 수가 없다.

언제까지 이 자리에 서 있어야 할지도 모르겠다.

제설차량을 투입해 보지만 소용이 없다.

너는 왜 나에게만 근심을 떠넘기는 것이냐?

폭설에 갇히고 말았다.

너는 나를 꼼짝도 못하게 하는 마력이 있다.

너는 그것을 사랑이라고 말한다.

387.

가는 곳마다 길고양이 천지다.

내다 버린 음식물 쓰레기를 마구 헤쳐 놓는다.

그 덕에 악취가 천지 사방에 진동한다.

이 녀석들 사람도 무서워하지 않는다.

겁을 주어도 뚫어지게 바라볼 뿐 도망칠 생각을 하지 않는다.

간덩이가 부은 녀석들.

너희들의 조상은 누구냐?

이 동네에 터를 닦은 녀석.

필시 처음에는 애완용이었을 것이다.

녀석을 내다 버린 장본인은 누구냐?

388.

자신이 없다.

마음은 젊어도 몸이 따라와 주지 않는다.

고작 50미터를 달리고 숨을 몰아쉰다.

물을 먹지 않은 것이 다행이다.

아줌마 영법이 앞을 가로막고

그 뒤로 거리를 두며 내달린다.

하지만 끝이 없다.

꽉 막혀 버린 물길을 감당하기 어렵다.

나도 처음에는 저랬을 것이다.

누구를 탓할 수 있겠는가?

389.

할 때는 푹 빠져 산다.

문제는 그다음이다.

질려서 하기가 싫을 땐 모든 것을 놓고 만다.

그래서 몸도 다른 것에 적응하게 된다.

그전에 것은 모두 잊어버린 채.

다시 시작하려 하니 몸이 제각각이다.

이럴 줄 알았으면 일주일에 한 번씩이라도

감각을 살려두는 건데.

문제는 내 자신이다.

다시 시작이다.

390.

개도 아닌 고양이 녀석이 꼬리를 흔들고 있다.

나를 물로 보는 모양이다.

처음 내 머릿속으로 기어들어 왔을 때는 더럽기 그지없었다.

그러나 시간이 지날수록 말끔해졌다.

문제는 사방을 돌아다니면 어질러 놓는다는 것이다.

나는 언제쯤 녀석과 친구가 될 수 있을까?

391.

스타킹에 올이 나간 것 같은 오후다.

올이 살짝 나갔을 뿐인데 터져 버리고 말았다.

빌어먹을!

오늘도 새것으로 오후를 사려고 노력 중이다.

그러나 이미 지나간 오후이기에 안타까울 따름이다.

오늘 오후를 반품할 수는 없는 것일까?

사탕이라도 사 먹게.

392.

녹차가 떨어지고 말았다.

나는 안절부절못하고 녹차를 찾는다.

그러나 어디를 찾아봐도

녹차 부스러기도 보이지 않는다.

이럴 줄 알았으면 미리 사 놓는 건데.

준비 없는 날이다.

서둘러 녹차를 주문한다.

그나저나 오늘이 문제다.

비상! 카페인 부족!

393.

커피로 카페인을 공급한다.

하지만 뭔가 부족하다.

늘 마시던 녹차의 맛에 길들어 있기 때문일 것이다.

단맛은 용납할 수가 없다.

커피는 차갑게 식어버리고 말았다.

식은 커피는 더더욱 맛이 없다.

익숙한 것을 버릴 수 없는 내 자신이 나약하게 느껴진다.

지금 당장 녹차가 필요하다.

394.

너에 대한 기억들을

지우려 해도 지워지지 않는다.

괜한 지우개를 탓해 본다.

매직으로 쓴 것도 아닌데 왜 지워지지 않는지 모르겠다.

지우개를 머릿속으로 던져 놓는다.

고양이가 냄새를 맡고 지우개를 질경질경 씹다가 내동댕이친다.

정말 지울 수 없는 걸까?

395.

재깍재깍!

시계의 초침이 오늘따라 소리를 요란하게 낸다.

녀석은 신이 난 듯 달려 나간다.

녀석을 따라가 본다.

그런데 너무 빨라 뒤쫓을 수가 없다.

푸닥거리가 필요하다.

녀석을 두들겨 패서라도 제 속도를 내게 해야 할 것 같다.

너무 빠르다.

반칙이다.

396.

걸음걸이가 무겁다.

내 걸음걸이가 무거운 것처럼

너의 발걸음도 무겁다.

사랑하면 닮아 간다고 했던가?

닮아 간다는 것보다는

상대에게 익숙해진다는 말이 옳을 것이다.

상대의 마음을 어느 정도 짐작할 수 있다는 것.

그런 사랑이 있어서 행복하다.

397.

실망이다.

너에 대한 실망이 아니라 나에 대한 실망이다.

어차피 벌어지지 말았어야 했을 일이었다.

너를 당황하게 만든 것은 나다.

그러니 모든 것을 내가 감당해야 할 일이다.

그런데 너는 그것을 자신의 잘못인 양 부정하지 않는다.

그래서 내 자신이 더 실망스러운 것이다.

398.

오늘은 일상을 바꿔 보았다.

불면증으로 잠을 잘 수는 없었지만

새벽같이 산행을 즐겼다.

그 시간에도 벌써 산행을 마치고 내려오는 사람들이 많았다.

게을러지는 순간이다.

나는 여태까지 불면증만 탓하고 있었다.

정작 탓해야 할 것은 나의 정신상태다.

399.

몸 상태가 정상이 아니다.

예전의 몸 상태를 만들기 위해 애를 써도

좀처럼 몸이 말을 듣지 않는다.

아무리 생각해도 이렇게까지 망가질 이유는 없다.

나름대로 관리를 했기에 몸에는 자신이 있었다.

하지만 오산이었다.

나는 스스로 망가져 가고 있었다.

400.

겨울을 오도독 오도독 씹어 먹는다.

벌써 반을 넘게 씹어 먹었다.

남은 것은 입에 넣어 살살 녹여 먹을 생각이다.

올겨울은 아이스크림이었다.

별 추위 없이 나를 녹여내는 겨울의 끝자락.

봄이 오기 전에 남은 겨울을 만끽하자.

간사하게도 겨울이 그리워질 것 같은 이유는 뭘까?

401.

허리가 아프다.

내 허리를 꿰뚫고 들어오는 날카로운 바늘.

통증은 가시지 않는다.

앉아 있을 때만 아프다.

걸을 때는 정강이 부위가 알이 배긴 것처럼

또 다른 통증을 동반한다.

언제쯤이면 나을지 기약이 없다.

많이 걸으면 또 아프지 않다.

이게 무슨 심보냐.

허리에 푸념을 쏟아본다.

402.

운동을 하고 스포츠센터를 나오는 순간.

겨울바람을 느낀다.

땀 때문일까?

춥지가 않다.

봄바람처럼 여겨진다.

내 가슴과 얼굴에서 녹아버리는 겨울바람.

바람아 불어라.

오늘은 내가 너를 녹여 줄 터이니.

괜한 사람에게 달라붙어 오기는 부리지 말아라.

403.

내 머릿속의

미친개와 미친 고양이와 놀아 주었던 친구에게서 전화가 왔다.

몸은 괜찮으냐고?

물론 아니다.

몸이 괜찮으면 벌써 전화를 해서

지난밤에 어땠는지 물어보았을 것이다.

그래도 고마운 녀석이다.

나 아닌 나와 실컷 놀아 주었으니 말이다.

다음부터는 중간에서 끝내자 친구야.

404.

병실 앞에서 조용히 흐느끼고 있는

그녀를 보았다.

아무것도 해 줄 수 없는 나로서는

그저 안타까울 따름이다.

가까이 다가가 등을 두드려 주고 싶지만

그럴 수 없었다.

혼자만의 시간이 필요할 것 같았다.

가슴이 아플 때는 원 없이 울어야 한다.

그래야 병이 되지 않을 터이니.

405.

아무 연락도 없더니

개업했다고 전화가 왔다.

안갈 수도 없고 해서 뒤늦게 찾아갔다.

모여 있는 녀석들의 머리에 새치가 꼬였구나.

젊음을 어디에다 다 써버린 것이냐?

나도 역시 마찬가지다.

이제는 늙음을 걱정해야 할 나이.

시간아 조금만 늦게 가라.

406.

감기가 몸에 익었다.

감기 앓이가 아니라 사랑 앓이였으면 얼마나 좋았을까?

약을 먹고 침대 위에 누웠다.

잠이 오지 않는다.

콧물은 계속해서 나오고 몸살은 몸을 사리도록 한다.

이럴 때 옆에 그녀가 있었다면 얼마나 좋을까?

혼자서는 아픔이 서럽다.

407.

서둘러 갈 생각은 없다.

천천히 가기로 했다.

서두르다가는 몸에 익은 자세마저 망칠 조짐이다.

문제는 허리다.

허리 때문에 하체에 힘이 들어가지 않는다.

걷는 것이 불편하다.

다리마저 후들거린다.

병원에 가도 낫지 않는 통에 고민만 쌓여 간다.

408.

그렇게 뛰어가다가는 넘어진다.

미끄러져 몸이라도 다치면 어쩌려고

그러는 것이냐.

살며시 지르밟고 가거라.

내가 느끼지 못하도록.

만약 짓밟고 간다면 발병이 날 터이니.

그렇지만 네가 아주 간다는 생각은 없다.

이 자리에 있을 터이니 언제든 돌아오기를.

409.

마음이 아프다.

연고를 발라야 하는데 아픈 곳을 찾을 수가 없다.

연고로 될 일이 아니다.

시간이 약이라는데 아물기는커녕 자꾸만 덧난다.

방법을 찾을 수가 없다.

이럴 땐 한숨 늘어지게 자고 나면 될까?

어쨌든 아픈 곳을 찾는 것이 급선무다.

410.

너무 무심했던 탓일까?

그녀가 낯설어 보인다.

오랜만의 만남으로 반가울 만도 하지만

내 마음은 담담하다.

무엇을 어떻게 해야 할지 모르는 사이

그녀와 다시금 헤어지고 말았다.

다음부터는 그런 만남이 아니었으면 좋겠다.

갈 길을 잃고 헤매는 중이다.

411.

밴드에 가입하고 친구를 찾아 나선다.

낯이 익은 친구도 있고 기억 속에서 사라진 친구도 있다.

어디로 간 것일까?

그 기억의 끄트머리를 잡아본다.

그러나 통 생각이 나지 않는다.

만나면 기억이 새록새록 튀어나올 것이다.

만나면 무슨 말부터 해야 할까?

그동안 너를 잊지 않았다고?

어떻게 그 많은 시간 동안 잊지 않을 수 있느냐고?

412.

돌이킬 수 있다면.

시간은 고스란히 내 손아귀에 있을 텐데.

그러지 못해서 아쉬움만 남는다.

돌이킬 수 있는 시간을 움켜쥐고 싶다.

어디 남는 시간 없을까?

찾아본다.

그러나 시간은 그리 호락호락한 것이 아니다.

그러니 시간을 맛있게 먹는 방법이 필요하다.

나는 튀김처럼 화끈하게 튀겨먹을 생각이다.

까짓 거 입천장이 데여도 좋다.

413.

어제가 생일이라는 것을 이제야 알았다.

만약에 오늘이 생일이었다면 더 쓸쓸했을 것이다.

차라리 모르고 지나친 것이 다행이다.

생일이 뭐 대수인가?

그러나 나는 뒤늦게 미역국을 끓인다.

이 미역국은 내가 먹을 것이 아니라 어머니에게 드릴 미역국이다.

낳아 주셔서 감사합니다.

그 순간 얼마나 힘드셨을지 어림잡아 봅니다.

414.

일분일초가 중요하다.

그 사이에 많은 일이 벌어진다.

그 사이 사랑을 할 수도 있고 이별을 할 수도 있다.

그런데도 난 그 사이를 대수롭지 않게 넘겨 보낸다.

그러다가 일이 터지고 말았다.

돌이킬 수 없는 일이기에 그 일분이 후회된다.

그 전으로 돌아갈 수 없는데도 미련은 커져만 간다.

415.

꿈속에서 너를 보았다.

반가웠지만 나는 나설 수가 없었다.

가까이 다가가려 하면 다가간 거리만큼 멀어지고 마는 너.

나를 보지 못한 것일까?

아니 너는 분명히 나를 바라보고 있었다.

나는 이유를 알지 못했다.

너는 나를 사랑하지 않는 것이 분명하다.

꿈과 현실은 다르다는데.

너는 나를 사랑하고 있는 것일까?

416.

기억을 잃었다.

아무리 생각해 내려 해도 기억이 나지 않는다.

어떻게 집으로 돌아왔는지.

누가 나를 집까지 바래다주었는지.

누군가를 만났던 것 같기도 하고.

블랙아웃이 내 뒤통수를 후려친다.

나는 지난밤 행적을 찾아 전화를 이리저리 돌려 본다.

그래도 기억이 나지 않는다.

누가 내 시간을 씹어 먹은 것일까?

417.

이제는 열대어도, 화초도 사지 않을 생각이다.

어떻게 내 손만 타면 죽어나가는지 모르겠다.

아마도 내 적성에는 맞지 않는 모양이다.

내 사랑이 부족했던 탓일까?

그럴 것이다.

미안할 따름이다.

그것들도 모두 생명인데.

나는 잔인한 살인마다.

나는 무슨 낙으로 살아야 하나?

418.

내가 대신 아파해 줄 수 없어서 안타깝다.

병상에 누워 있는 너를 보는 순간

눈물이 핑그르르 돌았다.

무슨 말을 해야 할지 모르겠다.

멍하니 앉아 있다가 너의 웃는 모습을 보고 뒤돌아섰다.

사고가 나기 전 그 순간에 내가 있었어야 했는데.

그렇다면 그런 사고도 벌어지지 않았을 텐데.

아쉬움이 남는다.

419.

내 머릿속의 고양이가 살살 꼬리를 친다.

도대체 또 무슨 짓을 하려고 그러는지 모르겠다.

앙탈을 부리는 녀석.

도망갈 생각이 없는 모양이다.

그러나 녀석은 언제 자신의 본성을 내보일지 모른다.

그래서 항상 감시해야 한다.

오늘은 어떤지 보자.

420.

귀찮은 오늘이다.

아무 일도 하고 싶지가 않다.

그냥 이대로 누워 있었으면 좋겠다.

하지만 내 뜻대로 되지는 않는다.

불쑥불쑥 생겨나는 일들.

오늘은 또 어떤 일이 벌어질까?

아무 일도 벌어지지 않는다면 너무 심심해서 견딜 수 없을 것이다.

421.

바람이 스치고 지나갔다.

바람이 우리의 사랑을 스치고 지나갔다.

그 사이에 어떤 일이 벌어진 것인지 나도 모른다.

바람이 우리의 이별을 스치고 지나갔다.

바람맞기 좋은 날이다.

춥지도 시리지도 않은 바람.

벌써 봄인가?

다시 사랑의 시작이 기다려진다.

422.

답답한 녀석.

벽창호 같은 녀석.

아무리 말을 해도 귀에 담아두지 않는다.

어떻게 해야 녀석의 벽창호를 뚫을 수 있을까?

그 황소고집을 누가 말릴까?

차라리 그대로 둘까도 생각했지만,

걱정에서 헤어 나올 수가 없었다.

나는 오늘 녀석의 벽창호를 불로 태워 없앨 것이다.

그러기 위해선 나도 벽창호가 되어야 한다.

423.

비가 내렸으면 좋겠다.

내 머릿속의 잡다한 쓰레기를 모두 씻어 내고 싶다.

텅 빈 냉장고처럼 내 머릿속도 비었으면 좋겠다.

그래야 무엇을 해 먹을지 망설이지 않아도 되니까.

아침 점심을 거르고 저녁을 기다린다.

오늘은 비가 내리지 않을 것 같다.

424.

오랜만에 만나는 그녀.

나이는 어쩔 수 없는 모양이다.

그야 물론 나도 마찬가지다.

기억 속에서 새록새록 피어나는 그녀의 어린 시절.

성격도 많이 변했다.

어쨌든 만나서 반가웠다.

우리가 이렇게 만날 줄 어떻게 짐작할 수 있었겠는가?

그녀는 마치 나를 만나기 위해서 그 자리에 있었던 듯했다.

425.

보고 싶지 않았다.

그러나 거울 속의 나는 거짓말을 하지 않는다.

거울 속의 너는 무슨 생각을 하고 있는 것이냐?

무슨 생각을 곰곰이 하기에 그런 표정이냐?

오늘은 연락 올 데도 없다.

기대하지 말고 낮잠이나 실컷 즐겨라.

그것이 혼자 사는 법이다.

426.

수영장을 갈까 하다가 그만두었다.

침을 맞으러 갈까 하다가 오늘이 쉬는 날이란 걸 알았다.

옷을 차려입다가 다시 벗을까 하다가 외출하기로 했다.

그런데 집을 나서니 막상 갈 곳이 없다.

가까운 커피전문점에 둘러 커피를 마신다.

그녀와 함께였으면 좋았을 것을.

427.

초등학교 동창에게서 전화가 왔다.

받을까 말까 하다가 받았다.

만나자고 한 녀석.

집에 들어가기 전에 술이나 한잔하자고 전화가 온 것이다.

미친개와 미친 고양이를 자극하는 말이다.

벌써 내 머릿속의 미친개가 입맛을 다신다.

미친 고양이는 살짝 내 눈치를 본다.

428.

이 냄새.

낯이 익은 냄새다.

어디에서 맡았든 냄새일까?

아 그렇다.

봄 냄새.

벌써 봄이구나.

이제는 옆구리가 시리지 않다.

그리도 바라던 봄이 온 것이다.

겨울에는 왜 그리 옆구리가 시렸는지 모르겠다.

이제 겨울 탓을 할 빌미가 없다.

봄이 왔으니 여름이 올 게다.

그럼 겨울을 그리워하겠지.

간사한 놈.

429.

늦은 빨래를 한다.

어차피 실내에 널 생각이었다.

세탁기 돌아가는 소리가 요란하다.

내 머릿속도 뒤죽박죽이다.

약을 먹어 보지만 소용이 없다.

그대로 멈춰라!

시간이 흘러가는 한 나는 멈출 수가 없다.

세탁기 돌아가는 소리에 리듬을 넣는다.

그나마 낫다.

430.

바람이 썰렁하다.

게으름을 동반하는 환절기 바람.

꽃샘추위에 기지개를 켜던 봄이 잠시 소강상태다.

이 꽃샘추위가 가고 나면 봄은 활짝 기지개를 켤 것이다.

지금은 봄을 입 안에 넣고 살살 녹여 먹는 중이다.

난 찬 바람보다는 포근한 바람이 좋다.

봄이 기다려지는 건 왜일까?

숨겨놓은 애인이 있는 것도 아닌데.

431.

이제 나도 숙성을 기다리고 있다.

숙성한 뒤엔 더 성숙해질 것이다.

나는 그러고 보면 아직 덜 익은 술이다.

아직은 제 맛이 나지 않는다.

톡 쏘는 탁주였으면 좋겠다.

그러나 바람일 뿐.

술보다는 더 익은 식초였으면 한다.

이 시간도 새콤한 식초였으면 좋겠다.

432.

환절기 바람을 마주하며 걷는다.

아직은 옷을 여미게 하는 바람.

그래도 바람을 실컷 마실 수 있어서 좋다.

바람아 나를 안고 어디까지 갈 수 있겠니?

마음만 먹으면 나를 안고 어디든 갈 기세다.

그래서 더 바람과 마주하고 싶다.

오늘은 바람과 대화중이다.

433.

내 머릿속에서 고양이 녀석이

발톱을 세우고 박박 긁기 시작한다.

자신과 놀아 주지 않는다고 삐친 모양이다.

그래도 나는 모른 채한다.

녀석은 분명히 미친개와 함께

술상이 차려지기를 기다리는 중일 게다.

어림도 없다.

난 그렇게 호락호락하지 않다.

434.

입맛이 돌지 않는다.

아침도 그랬고 점심도 그랬다.

그렇다고 식당에서 혼자 밥을 먹기는 싫다.

같이 식사해 줄 친구는 없을까?

밴드에 들어가 친구를 찾지만 마땅한 친구가 없다.

아, 그렇지 아직 퇴근 시간이 아니다.

어디 시간이 남는 녀석 없을까?

나만 시간이 남아도는 걸까?

젠장!

435.

오늘은 시간을 흥청망청 써버리고 싶다.

그러나 막상 시간을 써버리고 나면 후회할 것 같아서

엄두가 나지 않는다.

일거리를 찾아 집안을 두리번거린다.

먼지가 뿌옇게 쌓여 있다.

그래 걸레질이라도 해야겠다.

처음에는 엄두도 나지 않았지만 그래도 하나씩 정리가 되어 간다.

시간도 적당히 흐르고 미친개와 고양이도 아직 말썽을 부리지 않는다.

잠깐만 기다려라!

혹시 술 한 방울이라도 줄지 누가 아느냐.

436.

얼굴들이 많이도 늙었다.

나를 보는 시선도 그럴 것이다.

기억날 듯 말 듯하면서 다가오는 너희를 외면할 수는 없다.

그리하여 찾아 나선 길.

초등학교까지 가기에는 거리가 너무나 멀다.

친구로 남아 있는 너는 만날 수 없었지만

그래도 가까이 다가갈 수 있어서 좋았다.

너를 만날 것을 기대했지만 내 욕심이 너무나 컸던 모양이다.

437.

오랜만이라고 생각하면 오산이다.

너는 항상 내 곁에 있었기 때문이다.

그런데도 나는 몰랐다.

알면서도 모른 체했을 수도 있다.

미안한 마음뿐이다.

너를 곁에 두고 나는 내 시간만 즐겼다.

이제 생각하면 있을 수 없는 일이다.

이제 너를 보내 줄 수 있을까?

438.

그 순간이 중요하다.

그 순간만 아니었어도 다치거나 후회할 일은 없었을 테니 말이다.

그래도 나는 그 순간을 금세 잊고 살아간다.

그리곤 후회하기를 반복한다.

오늘도 그렇다.

알면서도 나는 순간을 기억하지 못했다.

어쨌든 앞으로는 순간에 연연할 것이다.

439.

걷는 것이 어색하다.

나는 똑바로 걸어가고 있다고 생각했었는데

다른 사람의 시선은 그렇지 않은 모양이다.

그래서 걷는 것을 교정받기로 했다.

그러나 그것이 어디 쉬운 일일까?

그래도 나는 걸음마를 배우듯이 걷는 것을 배운다.

좀 더 젊어지기 위해서.

440.

내 머릿속의 고양이에게 녹차를 따라주었다.

그런데 먹기는커녕 근처에 오려고도 하지 않는다.

녀석에게는 쓴 소주가 더 당기는 모양이다.

하지만 나는 소주를 따라 줄 생각이 없다.

여태 온순했던 녀석이 미치는 꼴은 볼 수 없기 때문이다.

야옹아 기대는 버려라.

441.

거기에 있나요?

나는 항상 너를 그렇게 부른다.

그러나 불러도 너는 대답이 없다.

아마도 자기의 이름을 불러 주기를 기다리는 모양이다.

그러나 나는 너의 이름을 기억하지 못한다.

너도 별수 없이 서서히 잊혀 가는 모양이다.

그러면서 나는 오늘 너를 불렀다.

442.

모든 것이 정리되어 있지 않다.

내 머릿속도 그럴 것이다.

그러면서 깨끗한 척을 해대는 나는

이중인격을 가지고 있는 모양이다.

현실만 좋아한다.

그러니 내 머릿속에 미친개와 고양이가

살고 있었던 것을 몰랐을 것이다.

오늘은 푸닥거리를 해야 할 것 같다.

443.

시간을 잠자리채로 잡으려 했다니

이처럼 기막힌 일이 어디에 또 있겠는가.

알면서도 시늉을 해 대는 것을 보면

나도 상당히 무지한 사람이다.

지금도 시간은 흘러가고 있다.

나는 그것을 잡아 채집통에 넣으려 하고

시간은 나를 조롱하듯이 빨리도 스쳐지나 간다.

444.

오랜만이다.

기억 속에 아물거리는 친구를 불렀다.

그러자 친구가 대답했다.

우린 항상 같이 있었어.

네가 몰랐을 뿐이지.

정말 그랬을까?

나는 너를 본 적이 없는데.

어렸을 때는 너를 알았지만,

지금은 아냐.

그런데도 내 곁에 있었다고?

몰라본 내가 미안하다.

오늘은 친구들을 찾아 나설 생각이다.

그렇게라도 잊지 말아야지.

445.

방향제를 사왔다.

그런데 냄새가 내가 원하던 냄새가 아니다.

이미 뜯었으니 바꿀 수도 없고.

그렇다고 아까워서 버릴 수도 없다.

냄새에 익숙해지는 수밖에.

그런데 머릿속이 뒤죽박죽이다.

맞지 않는 것을 억지로 맞출 수는 없는 모양이다.

이 어지럼증은 뭐지?

첫사랑의 기억인가?

446.

할 말이 많은데

머릿속에서만 빙빙 돌고 있다.

너는 속사포로 쏘아대는데

나는 묵묵부답이다.

물론 대꾸하기 귀찮아서가 아니다.

그런데도 나는 한마디도 하지 못했다.

집으로 돌아오는 길.

나는 전화에 대고 너의 허점을 나열하려했다.

하지만 막상 전화를 걸 수는 없었다.

이미 너는 너이고 나는 나이기 때문이다.

굳이 일을 키울 이유는 없다.

447.

날 쳐!

했더니 녀석이 진짜로 쳤다.

그 덕에 얼굴에 상처가 남았다.

다음날도 나는 너를 앉혀 놓고 나를 쳐! 했다.

그러자 녀석은 주저하지 않고 나를 쳤다.

알고 있었지만, 녀석은 막무가내다.

겉으로는 어눌한 척하면서

내심은 언제든 나를 공격할 자세가 되어 있는 놈이다.

그런 놈과 같이 술을 마셨다니.

뭐 그래도 괜찮다.

내 머릿속의 미친개가 수도 없이 녀석을 물었을 테니 말이다.

448.

녀석에게 고양이 한 마리를 분양할 생각이다.

미친 고양이 한 마리.

받아 줄지는 모르지만 나는 예쁜 바구니에 담아 너에게 선물했다.

너는 받지 않으려고 했지만 난 억지로 떠넘기고 말았다.

그런데도 내 머릿속에는 고양이 한 마리가 살고 있다.

부디 미친 고양이가 아니길!

449.

이 녀석은 피하지 않는다.

아무리 겁을 줘도 귀여운 척하면서 가까이 다가온다.

녀석의 본성일까?

어쨌든 나는 녀석과 가까이 있고 싶지 않다.

빌어먹을 고양이 같으니.

처음에는 길고양이였던 녀석.

손을 뻗자 어느새 내 머릿속에 들어와 있었다.

우연은 아니었을 것이다.

450.

싸움들 하고 난리야.

그리 중요한 것 같지도 않은 것을 두고 싸우고들 있다.

이럴 줄 알았으면 나가지 않는 건데.

하지만 이미 발을 들여 놓은 이상 나 혼자만 **빠져나올** 수는 없다.

문제는 내가 들고 있는 패다.

어디에다 놓을까?

물론 사용하지 않을 수도 있다.

그래도 한 표를 행사해야 싸움에서 **빠져나올** 수 있을 것이다.

사람이 많으니 배는 지금 표류 중이다.

451.

아직도 자고 있나요?

벌써 봄이 왔어요.

그런데도 자고 있다니 유감입니다.

오늘은 바람을 맞으며 걸었습니다.

산에 오를까 하다가 아직 추울 것 같아서 인도를 걸었습니다.

걸을 만하더군요.

언제 시간이 되면 함께 걸어요.

기다리고 있을게요.

오늘은 피곤하군요.

그래도 간만에 봄을 확인할 수 있어서 좋았습니다.

452.

뭐하니?

내 머릿속의 고양이가 내게 물어 왔다.

몰라서 묻는 거니?

지금 녹차 마시고 있잖아.

맛있어?

녹차를 쳐다도 보지 않던 녀석이 호기심을 보였다.

그렇다고 아직까지는 녀석을 믿을 수가 없다.

그럼 마셔볼래?

아니 하도 맛있게 먹고 있어서.

마시다 보니 녹차에서 머리카락이 나왔다.

이런 젠장. 모두가 고양이 탓이다.

이 고양이 머리카락을 어찌하노?

453.

오랜만에 불면을 잊었다.

실컷 자고 나니 벌써 낮이다.

내게도 이런 호사가 있다니.

그런데 어딘가가 허전하다.

불면은 늘 내 곁에 있었다.

친구 같은 존재였다.

그런 존재를 무작정 남겨두고

잠을 잘 수 있었던 것이 불만이었을까?

어쨌든 허전하고 심심하다.

454.

낯선 전화번호가 찍혔다.

받을까 말까 하다가 전화를 받았다.

처음에는 스팸이겠거니 생각했다.

그런데 청춘의 어느 길목에 있었던 친구다.

목소리도 많이 걸쭉해져 있었다.

안부를 묻는 것으로 시작되었다.

그러다가 안부를 묻는 것으로 전화는 끝이 나고 말았다.

녀석은 왜 전화를 걸어온 것일까?

단지 안부를 묻기 위해서?

455.

다쳤다.

깁스를 하고 앉아 있는 모습이 안타깝다.

그것도 두 달씩이나 깁스를 해야 한다니 더더욱 안쓰럽다.

철심을 세 개나 박았다고 한다.

그런데도 아무렇지 않은 듯이 휠체어를 타고 병원 곳곳을
탐사하는 너의 밝은 모습에 안심이 된다.

어쨌건 그만한 것이 다행이다.

순간 당황했다면 더 큰 사고가 났을 것이 분명하다.

456.

내 머릿속에도 이쑤시개가 있었으면 좋겠다.

그러면 머릿속의 미친개를 콕 집어 빼낼 수도 있었을 텐데.

하지만 그럴 수 없어서 낙담만 하고 있다.

녀석은 고양이를 꾀어 미친 고양이로 만들려고 한다.

어서 미친개를 내 머릿속에서 **빼내야** 할 텐데.

고양이가 물들기 전에.

457.

시간을 탓한다.

왜 그동안 그렇게 하염없이 걸어서 여기까지 오게 하였느냐고.

따지고 보면 시간 탓은 아니다.

그동안의 시간을 헛되게 써먹은 내 탓이다.

이 순간에도 시간은 흘러가고 있다.

이제라도 시간을 곱게 쓰고 싶다.

후회하지 않을 마지막을 위해서.

458.

삐뚤어진 몸이 문제다.

그래서 자세를 올바로 하기 위해

노력을 해 보지만 마음마저 **삐뚤어질** 판이다.

이러니 뭔들 제대로 할 수 있겠는가?

남 탓을 하는 것이 요즘 들어 빈번해졌다.

나도 별수 없는 속물인 모양이다.

앞으로가 더 문제다.

언제까지 남 탓을 하고 살아갈 수 없기 때문이다.

459.

나 그때로 돌아갈래!

한바탕 푸닥거리를 한 후였다.

정말 그때로 돌아가고 싶다.

그랬다면 미친개도 고양이도 머릿속에서

자리를 잡고 있지는 않았을 텐데.

그런데 문제는 녀석들이 내 머릿속에서

언제부터 살기 시작했는지 모른다는 것이다.

그때가 언제부터였더라?

460.

일이 터진 후에 후회해봤자 소용이 없다.

후회하기 전에 일을 만들지 말았어야 했다.

그런데도 후회하고 있는 내가 바보스럽다 못해 한심스럽다.

어쨌든 일은 터지고 말았다. 받아들여야 하는 것이 순서다.

그러나 받아들이는 것도 만만한 것이 아니다.

문제를 만들기 전에 먼저 뒤돌아보는 버릇을 들여야겠다.

461.

그 많은 친구들은 어디로 갔을까?

시간이 흐르면서 자연히 기억 속에서 사라진 친구들.

이제는 졸업앨범을 보아도 누가 누군지 알 길이 없다.

그중에는 분명히 나와의 추억이 남아 있는 친구들이 있을 텐데.

오늘은 그중에서 한 사람을 콕 집어 시간을 나눴으면 좋겠다.

462.

지난 수많은 시간 동안 오늘 나는 무엇을 하고 있었을까?

생각나지 않는다.

작년 오늘은 무엇을 하고 있었을까?

기억이 없다.

분명히 무슨 일인가를 하고 있었을 텐데.

그 일을 또 해보고 싶다.

내년을 위해 오늘을 적어 두기로 했다.

그리고 돌아온 오늘 나와의 데이트를 즐기고 싶다.

463.

소귀에 경 읽기.

나는 오늘 녀석을 만나 소귀에 경을 읽었다.

처음에는 그냥 지나가는 말로 생각을 했다.

그러나 말을 하면 할수록 나 혼자 떠들고 있다는 것을 알았다.

녀석은 내 말을 되새김질도 하지 않았다.

옳다고 믿는 것이 분명히 있었을 것이다.

그럼에도 자기만의 생각으로 내 말문을 닫아 버렸다.

내 머릿속의 고양이가 나를 위로 한다.

하지만 녀석이 안타까운 것은 어쩔 수 없는 일이다.

464.

녀석이 보고 싶어서 온종일 녀석 생각만 했다.

그러다가 택시를 타고 녀석이 있을 납골묘로 향했다.

녀석은 언제나 그곳에 있을 것이다.

그러니 찾아가도 만날 수가 있다.

지난 추억들이 머릿속을 스치고 지나간다.

잊힐 기억들.

아니 기억 속의 기억들.

465.

머릿속이 복잡하다.

미친개와 고양이도 난리다.

머릿속의 나 아닌 내가 녀석들을 선동한 모양이다.

그렇다고 해서 흔들릴 내가 아니다.

녀석들을 잠재우기 위해 녹차를 마셨다.

기가 죽은 녀석들이 웬일로 잠잠하다.

아마도 서로 작당을 하고 있는 눈치다.

466.

비가 오려나 봐요.

바람이 심상치 않네요.

하늘도 먹구름으로 가득하고요.

지금 당신은 무엇을 하고 있나요?

내 생각은 하고 있지 않나요?

당신만 알겠죠.

나는 당신을 생각해요.

이 하늘 아래에서 같은 생각을 하고 있다면 얼마나 좋을까요.

그러나 우리는 같은 길을 가고 있지 않아요.

그래서 그것이 불안할 때가 많아요.

목표를 향해 당신은 잘 걸어가고 있겠죠?

그럼 다행이구요.

467.

너 오늘 먹통이 되어 버렸구나.

그러기에 그 많은 질문에도 대꾸 하나 없지.

그렇다고 너를 탓하지는 않겠다.

하지만 일을 못하게 된 것은 모두가 너의 책임이다.

지금이라도 창문을 열어 보거라.

문득 봄이 왔다고 바람이 난 것이냐?

그래 오늘은 바람을 실컷 맞아 보거라.

468.

오늘도 하루를 살아간다.

밋밋한 오늘이지만 그렇다고 함부로 쓸 수는 없다.

밋밋함을 치료할 처방전이 있었으면 좋겠다.

그러나 마땅히 처방전이 나오지 않는다.

입을 다물고 있다가 소리를 쳤다.

야, 인마.

그러자 멈춰 있던 시간이 냅다 달리기 시작했다.

그 녀석 겁도 참 많다.

469.

겨울옷도 이제 정리할 때가 된 것 같다.

줄줄 흘러내리는 땀방울.

봄을 곁에 두고 여름까지 가 버렸다.

지난겨울을 후회한다.

얼마나 몸을 관리하지 않았으면 몸이 엉망이다.

모두가 게으름에서 비롯된 것이렷다.

이 녀석 따끔하게 혼나야겠구나.

470.

이 아찔한 기분은 뭔가.

무언가 일이 터질 것만 같은 불길한 느낌들.

그저 생각으로만 존재하길 바란다.

시간을 숙명으로 받아들이고 사는 동안은 늘

숨은 그림자가 도사리고 있다.

오늘만은 그런 일이 벌어지지 않았으면 하는 바람이다.

오늘도 평온한 하루였으면 좋겠다.

471.

다리를 잃은 안경이 무심코 나를 바라본다.

그런데 나는 왜 그 안경이 나를 원망하고 있다고 생각하는 것일까?

아마도 안경 주인의 무심함 때문에 찔리는 구석이 있는 모양이다.

골절상을 입혀 이제는 쓸데가 없는 안경.

나는 왜 버리지 못하는 것일까?

아마도 그동안 많이 익숙해져 있었던 모양이다.

472.

아침을 걸었다.

봄을 마주 보고 걸었다.

그 중간에 환절기가 얼쩡거렸다.

꽃샘추위도 기회를 노리고 있었다.

봄으로 가는 길은 만만할 것 같지 않다.

그래도 봄은 어느새 가까이 와 있을 것이다.

겨울은 이제 옛날이야기다.

이제 먼지 좀 털어야겠다.

473.

분갈이했다.

그런데 반이 죽어나갔다.

겨울 동안 신경 쓰지 못한 탓이다.

지난겨울 나는 무엇을 했는가?

마땅히 한 것도 없다.

그런데도 겨울은 저만치 줄행랑치고 있다.

물을 주지 않은 화분은 사막화되었다.

올봄에는 무엇을 할까?

아직 정해진 것이 없다.

474.

뭐라구?

녀석이 막 소리친다.

그래도 나는 모른 척 내 일만 한다.

녀석은 좀 더 가까이 와서 나오지도 않는 목소리로 짖어댄다.

뭐라구?

나는 못 들은 척 외면해 버린다.

그러자 녀석이 지쳤는지 한쪽 구석에서 혀를 내밀고 헉헉댄다.

네가 필요한 것은 알코올이렷다.

그래도 소용없다.

더 이상 미친개는 필요치 않다.

475.

시간으로 장을 담그는 중이다.

맛이 있을지 없을지는 나도 모른다.

그 훗날 마지막이 되어서야 알겠지만 그래도 조금 간을 본다.

싱겁다. 짜지 않아 다행이다.

그렇게 싱겁게 익어가라.

도중에 부패는 되지 말아다오.

건강하게 익어야 맛이 있는 법.

부디 성인병에 시달리는 장이 되지 말아다오.

인생도 병은 피해 갈 수 없는 법.

476.

골목길을 걸었다.

인적이 드문 골목길.

걸을 때마다 조금은 신선함을 느낀다.

새벽녘 골목길은 더더욱 신선하다.

신이나 이곳저곳을 탐방하는 내 발걸음 소리.

오래지 않아 막다른 길목에 섰다.

그래도 실망하지 않는다.

길은 찾아가는 묘미가 있어야 한다.

477.

내 머릿속의 고양이가 온순해졌다.

오늘은 녹차를 마주하고 앉았다.

내가 물었다.

너는 무엇이 되고 싶니?

녀석은 골몰해졌다.

설마 미친 고양이가 되지는 않겠지?

나는 미친개만으로도 머리가 복잡하다.

녀석은 대답 없이 녹차만 마신다.

그것만으로도 큰 발전이다.

478.

어둠 속이다.

아무것도 할 수 없었다.

손 하나 까딱할 수 없었다.

필시 이것은 공황 속일 것이다.

아니다.

현실이 아니다.

이것은 가위눌림이다.

깨어나야 한다.

나는 깨어나기 위해 안간힘을 썼다.

꼭 깨어나야만 했을까?

차라리 그것을 즐길 수는 없었을까?

479.

벌써부터 여름이 기다려진다.

여름이 되면 할 일도 많을 것 같다.

그러나 막상 여름이 되면

그 무더위에 겨울이 그리워질 것이다.

나는 나의 간사함을 잘 알고 있다.

계절이 무르익으면 간사함도 무르익는다.

그 간사함을 깍둑썰기해서 깍두기를 만들어 먹으면 어떨까?

480.

내 걷는 모습은 어떨까?

오늘은 어떤 모습으로 걸었을까?

급급한 나머지 서둘지는 않았을까?

나는 오늘 거울을 보지 못했다.

당연히 내 걷는 모습도 보지 못했다.

그러나 과히 불쾌한 하루였다고는 생각하지 않는다.

이렇게 담담한 것을 보면 오늘을 즐겼던 것 같기도 하다.

481.

자세를 고치기 위해 천천히 걷는다.

내가 그동안 걸어왔던 모습은 엉터리였다.

자세를 교정하기 위해 전신 거울을 세워 놓고 천천히 걷는 연습을 한다.

그런데 왜 자꾸만 자세가 흐트러지는지 모르겠다.

잘못된 자세가 몸에 익었기 때문이다.

아마도 쉽게 자세를 교정할 수는 없을 것 같다.

그래서 나는 일부러 뒤뚱뒤뚱 걷는다.

연출된 자세는 정말 싫다.

482.

저 앞에 고양이가 발라당 누워 있다.

꼼짝도 하지 않은 채.

설마 죽은 것일까?

아니다.

녀석은 햇살을 즐기고 있었다.

나를 보고 엎드렸지만, 다시 햇살을 즐긴다.

그 녀석 참 가상하다.

가까이 다가가도 녀석은 자기도취에 빠져 있다.

내가 지나가는 데도 아랑곳하지 않는다.

갑자기 무시당하는 것 같아서 녀석에게 화를 냈다.

그러자 녀석은 나를 힐끔 쳐다보고는 슬금슬금 자리를 피한다.

그 뒷모습이 마치 나를 깔보는 것 같았다.

나는 집으로 돌아와 물을 벌컥벌컥 마시며 녀석을 생각한다.

뭐지?

483.

설마?

내 머릿속의 고양이도 나를 무시하고 있는 것일까?

내 머릿속의 미친개처럼 나는 안중에도 없는 것일까?

나는 아직도 모르겠다.

녀석은 언제든 돌변할 소지가 있다.

지금은 친해지려 하지만 언제 발톱을 세울지 모른다.

나는 다시 녀석과 마주 앉아 대화를 시작한다.

484.

집으로 돌아오는 길.

오늘은 멀리 돌아서 왔다.

매일 같은 길을 걸으니 너무 틀에 박힌 것 같아서 싫었다.

돌아오는 길에 빵도 샀다.

그런데 뭔가 허전했다.

아마도 다른 길을 걷고 있기 때문일 것이다.

하지만 새로 생긴 빵집은 좋았다.

가끔은 돌아서 가는 길도 나쁘지는 않을 것 같다.

485.

마땅히 떠오르는 것이 없다.

아무 생각도 나지 않는다.

그렇다고 할 수 있는 것은 아무것도 없다.

멍하니 앉아 있을 수도 없다.

무언가를 해야 하는데.

내가 그동안 놓치고 지나쳐 버린 것이 무엇일까?

오늘은 그것을 천천히 생각해 보자.

또 지나치기 전에.

486.

향기를 찾는다.

분명히 내게서도 특유의 냄새가 나고 있을 것이다.

그러나 아무리 내 냄새를 찾으려 해도 찾을 수가 없다.

너무 익숙해졌기 때문인가?

분명히 다른 사람들에게서는 냄새가 난다.

난 그 냄새를 잘도 맡는다.

그런데 정작 내 냄새는 찾을 수가 없다.

487.

수족관 옆에는 관상어 먹이만 덩그러니 남겨져 있다.

아직도 욕심을 버리지 못했기 때문인가?

수족관도 치울 때가 됐는데도 치우지 못하고 있는 것을 보면

또 관상어를 사다가 넣을 심산인가 보다.

나쁜 놈.

그 많은 생명을 앗아 갔으면서도 아직 정신을 차리지 못했니?

나는 다시 망설인다.

488.

안경을 병원에 보냈다.

이리 틀어지고 저리 틀어지고 심지어

코 받침까지 주저앉았으니 쓰고 다닐 수가 없다.

게다가 안경알이 조금 손상됐다.

안경알은 맞춤 제작이라 양쪽 다 바꿔야 한다고 한다.

그래도 나는 익숙해진 안경을 버릴 수가 없었다.

익숙함은 집착을 달고 다닌다.

489.

아프면 어떻게 해야 할까?

물론 병원에 가야 한다.

그렇지 않고 더 심각한 병이라면

나 혼자서는 병원에 갈 수 없을 것이다.

문득 혼자 있는 것이 불안하게 느껴진다.

이러다가 갑자기 쓰러지는 것은 아닐까?

생명이 식어 갈 즈음에 발견되어 손을 쓸 수 없는 것은 아닐까?

그래서 사람들은 혼자가 아니기 위해 사랑을 하는지도 모르겠다.

490.

잠자고 있는 씨앗에

생명을 불어넣기 위해 호들갑이다.

화분을 가져다 놓고 흙을 담았다.

그리고 24시간 동안 물에 불려 두었던 녹차 씨앗을 심었다.

부디 나에게 탄생의 신비로움을 보여주렴.

그러나 싹이 나올 때까지는 기다려야 할 것이다.

이제 남은 것은 기다림뿐이다.

사랑이 기다림의 시작이듯.

491.

후회해 본다.

물론 돌이킬 수 없다는 것은 알고 있다.

말 그대로 후회일 뿐이다.

그런데 무언가가 툭 하고 내 머릿속에서 튀어나왔다.

둥글고 매끄러운 것이 마치 자갈 같기도 하고.

후회의 원흉이 바로 너냐?

대답이 없다.

나는 녀석을 지켜보다가 멀리 던져 버린다.

그런데 녀석이 다시금 나에게 날아와 이마를 겨냥한다.

다시 머릿속으로 들어가고 싶은 모양이다.

아야! 괘씸한 녀석.

이럴 줄 알았으면 후회를 하지 않는 건데.

492.

구렁이 담 넘어가듯이

녀석이 내 머릿속에서 나왔다.

이 녀석의 특기는 시도 때도 없이 내 머릿속에서 나온다는 것이다.

녀석은 내 눈앞에서 어슬렁거린다.

아직은 나도 적응 전이다.

고양이 녀석.

녀석은 나와 대화하기를 꺼린다.

오늘도 역시 마찬가지다.

493.

천천히 다가갈 생각이다.

너무 급하면 탈이 날 수도 있기 때문이다.

그렇다고 너무 느린 것은 딱 질색이다.

고양이 녀석의 행동거지를 살핀다.

녀석은 나를 탐색하고 있는 것 같다.

야, 인마!

느림에 화가 나서 소리를 질렀다.

그래도 녀석은 아랑곳하지 않는다.

494.

미련퉁이.

나는 녀석을 아직 몰라 그렇게 부른다.

그래도 녀석은 화를 내지 않는다.

너는 너고 나는 나라는 식이다.

고양이 녀석의 꼬리를 밟았다.

그래도 꿈쩍하지 않는다.

도대체 이 녀석은 뭔가?

내 머릿속에 녀석이 들어온 이후로

나는 녀석을 자세히 알려고 하지 않았다.

그러나 이제는 녀석이 궁금해지기 시작했다.

도대체 내 머릿속에 왜 들어왔니?

495.

오늘은 녀석이 꼼짝도 하지 않고 나를

뚫어지게 쳐다보고 있다.

도대체 무엇을 하자는 것인지 알 수가 없다.

왜? 대답이 없다.

나도 녀석을 뚫어지게 바라본다.

왜 그러는데?

야옹야옹!

녀석이 무슨 말인가를 했지만 나는 알아들을 수가 없었다.

다시 귀 기울여 본다.

녀석의 말이 익숙해질 때까지.

496.

나는 왜

내 머릿속의 미친개와는 대화를 시도하지 않았을까?

그것은 아마도 알코올이 들어가고 난 후에나

녀석이 나타나기 때문이 아닐까?

아니 그 사이에도 녀석의 존재를 확인하고 있었기 때문에

몇 번쯤 대화를 했을 것이다.

다만, 기억이 나지 않을 뿐이지.

자고 있니?

497.

꿈속에서 너를 보았다.

꿈속에서나마 너를 볼 수 있다는 것이 다행이다.

나는 너의 뒤를 졸졸 따라다녔다.

한순간도 너의 곁을 떠나지 않았다.

네가 다시 떠날 것 같았기 때문이다.

그러나 꿈은 꿈일 뿐.

전화벨 소리에 나는 너와 다시 이별해야 했다.

498.

너무 많이 마시는 것은 아닐까?

금주 이후로 나는 녹차에 의존하게 되었다.

우려낸 찻잎이 가득하다.

오늘도 익숙하게 녹차를 우려냈다.

내 머릿속의 고양이 녀석도 한 모금 마시고

다시 머릿속으로 들어갔다.

녹차처럼 은은하게 오늘도 흐른다.

그러나 나는 지금 매운 고추처럼 시간을 씹어 먹고 싶다.

499.

어느 순간부터 나는 숫자에 연연하지 않게 되었다.

그동안은 숫자에 연연하느라 정작 볼 것을 보지 못했다.

그렇다고 바쁜 일상도 아니었다.

그런데도 연연했던 것을 보면 시간이 다급했던 모양이다.

이제는 다급한 시간을 보내지 않게 되었다.

하루하루를 진국으로 살아가고 싶을 뿐!

500.

감기약을 먹어도 감기가 쉽사리 떨어지지 않는다.

녀석은 나를 악착같이 붙들고 있다.

주사를 맞아도 소용이 없다.

이제는 그러려니 한다.

내게는 사랑도 독감이었다.

스쳐 지나가고 나면 잊혀지는 것.

연연해야 할 필요는 없다.

이번 감기도 슬며시 지나갈 것이다.

501.

어디든 떠나고 싶다.

그러나 쉽게 떠나지 못하는 것을 보면

아직도 미련이 많이 남아 있는 모양이다.

어떤 미련일까?

다람쥐 쳇바퀴 도는 일상이 이젠 지겨울 때도 됐건만

나는 여전히 그 사이에 끼어 있다.

누군가 나와 떠날 수 있는 사람 없을까?

미련일랑 훌훌 털고.

502.

아침 점심을 시간으로 식사했다.

저녁도 변함없이 시간으로 때울 생각이다.

식욕이 없다.

그저 사랑을 먹고 싶을 뿐이다.

지금은 외로움으로 가득하다.

혼자인 모습이 낯설게 여겨질 뿐이다.

그냥 자리에 눕는다.

한숨 자고 나서 식사를 할지 결정해야겠다.

503.

외로움이 몰려온다.

오히려 겨울에는 그다지 외롭지 않았는데

봄이 되니 더욱 외롭다.

콧바람이 들어서일까?

친구들에게 전화를 돌려 본다.

모두들 바쁘다는 대꾸로 전화를 끊는다.

누구 나와 수다 떨 친구 없나?

혼자인 것이 이렇게 외롭다는 것을 비로소 오늘에야 알았다.

504.

햇살이 따사롭다.

볕 잘 드는 한곳에 쪼그려 앉아 본다.

이렇게 포근할 수가.

햇살을 따라 이동한다.

햇살은 시간을 잡아먹는다.

나도 역시 온몸으로 햇살을 먹고 있다.

더도 말고 덜도 말고 오늘만 같아라.

지금은 신 나게 햇살을 향해 달려가는 중이다.

505.

막 달리고 싶다.

정신없이 달리고 싶다.

목적지는 없다.

달리다가 지치면 걷고 걷다가 힘이 나면

달리기를 반복하고 싶을 뿐이다.

아무 생각도 하기 싫다.

바람과 함께 달려 본다.

누가 이기나 보자!

물론 바람이 이길 것이다.

그래도 좋다.

달릴 수 있다는 것이 그저 좋을 뿐이다.

506.

약속은 없다.

그래도 무작정 집을 나선다.

무작정 걷다가 반가운 친구라도 만날 수 있지 않을까?

그렇게 된다면 흥겨운 오후가 될 것이다.

그러나 나는 막상 사람들을 일일이 확인하지 않는다.

그냥 마주치기를 바랄 뿐이다.

우선은 바람 부는 대로 가자!

507.

도무지 그 속을 알 수가 없다.

그녀는 속을 보여주지 않는다.

웃다가도 침울해지고 침울했다가도 갑자기 웃어 대는 통에

내 머릿속이 복잡할 뿐이다.

어떻게 하면 그녀의 비위를 맞출 수 있을까?

우울증인가?

그녀에게 시달리는 것도 이제는 싫다.

그녀의 머릿속을 굴착기라도 동원해 속속들이 알고 싶다.

508.

어디를 그렇게 급하게 가는지 모르겠다.

쉬어 갈 법도 한데 쉬지 않고 바람은 제 갈 길을 간다.

나도 바람처럼 그렇게 쉬지 않고 가고 싶다.

문제는 목적지다.

목적지 없이 어디를 가겠는가?

지금은 바람과 시간이 누가 형이고 동생인지 따지는 중이다.

509.

누가 도대체 시간을 만들어 놓은 것일까?

오늘은 시간이 없었으면 하는 날이다.

오늘 하루만이라도 시간이 없어지면 안 되는 것일까?

오늘 나는 시간을 없앨 생각이다.

쓰레기통에 처박으면 되는 것일까?

무엇을?

시계를?

아! 도무지 내 힘으로는 시간을 정리할 수가 없다.

510.

깜빡 졸았다.

그런데 두 시간이 지나버리고 말았다.

제기랄!

바쁠 때만 이런다니까.

그래도 할 수 없지 한 시간을 두 시간으로 쓸 수밖에.

그런데 그 시간이 아까워지는 것은 무엇 때문일까?

여하튼 나는 이제부터 걷기 시작한다.

아니 달려야 하나?

즐기기 좋은 시간이다.

511.

요리책을 뒤적인다.

먹고 싶은 메뉴를 찾아보지만 마땅한 것이 없다.

내 냉장고에 있는 재료로는 요리책에 있는 메뉴를

소화할 능력이 되지 않는다.

한동안 요리책을 들여다보며 입맛을 다시다가 라면을 끓인다.

김치 넣은 얼큰한 라면.

선택의 여지는 없다.

가진 것이 그뿐인 것을.

라면을 투정하기 전에 마트에 먼저 들려야겠다.

512.

점심 식사는 했어?

지금 뭐해?

바쁜 건 아니지?

무슨 말을 꺼내야 할지 몰라 혼자서 주절거렸다.

저쪽에서 먼저 말을 걸어오기를 기다리지만,

전화는 끊기고 말았다.

왜 대꾸도 없이 전화를 끊은 것일까?

다시 전화를 걸지만,

전원이 꺼져 있다.

이런 제기랄!

충전 좀 하고 다녀라.

내가 오늘 점심을 충전해 줄까?

513.

피싱이 날아왔다.

그냥 지워버리고 말았다.

그처럼 내 머릿속의 쓸데없는 기억들을

지울 수 있다면 얼마나 좋을까?

성능 좋은 지우개라도 있다면 지웠다가 다시 쓰기를 반복할 텐데.

시간이라는 지우개는 말 그대로 시간이 오래 걸린다.

속 터져도 그러려니 사는 수밖에.

514.

옷을 사러 매장에 들렀다.

신상의 봄옷들.

그러나 변덕 때문에 옷을 고르기가 쉽지 않았다.

바람에 나풀거리는 옷은 싫다.

치맛바람 같아서.

이것저것 고르다가 마음에 드는 옷이 없어서 되돌아 나왔다.

어디선가 깎아달라는 여자의 우김이 시작되고 있었다.

자기도 장사를 하는 사람이라 다 안다고 했다.

장사하는 사람이면 장사를 하는 사람의 속마음을 더 잘 알 텐데도.

515.

계속해서 날아오는 게임 구걸!

카톡인가 해서 확인해 보면 게임 알림이다.

게임을 찾아내 모조리 지워버렸다.

이제부터는 날아오지 않겠지.

섭섭해도 어쩔 수 없다.

시도 때도 없이 울려대는 통에 신경이 쓰일 뿐이다.

내 핸드폰을 게임 주차장으로 만들 수는 없다.

516.

언제부턴가 우리는 손을 잡지도 팔짱을 끼지도 않는다.

길을 걸을 때면 그저 나란히 걸을 뿐이다.

그러다가 어떨 때는 네가 앞서서 걷고

나는 그 뒤를 따라 걷기도 한다.

우리 사랑하는 사이 맞을까?

아니면 사랑이 벌써 식어서일까?

오늘은 너의 어깨에 손을 얹고 걸을 생각이다.

그래도 되겠지?

아마도 우린 어색할 것 같은데.

우린 나란히 걷는 것에 이미 익숙해져 있다.

517.

죽음에 대해서 생각해 본다.

정지된 시간?

잊혀진 기억들?

살아 있는 사람들의 슬픔?

다시는 만날 수 없는 이별?

마르지 않는 눈물?

서글픈 마음?

어쩌면 새로운 시작일지도 모르겠다.

후회하지 않을 그 순간을 위해 나는 오늘도 쉬지 않고 걷는다.

518.

당신은

내 사랑을 남김없이 먹어치운 후에도

내게 더 많은 것을 원합니다.

이젠 질릴 때도 된 것 같은데 당신은 계속해서

사랑을 먹고 싶어 합니다.

배부르지도 않은 것이 뭐가 좋다고.

사랑을 아껴 먹었으면 합니다.

내 사랑이 바닥나고 나면 배고파서 어찌하려구요.

나는 당신의 사랑을 살살 녹여 먹고 있는 중입니다.

519.

이른 새벽 수산시장에 둘렀다.

사람 사는 냄새가 물씬 풍긴다.

수족관에 가득 찬 어패류들.

주인을 기다리고 있다.

싱싱함이 살아 있는 곳곳을 돌아다니다가 복어를 보았다.

독을 품고 있는 녀석.

갑자기 녀석을 푹 고아 먹고 싶다는 생각을 했다.

정말로 죽을까?

한참을 멍하니 쳐다보고 있다가 다시 발길을 옮긴다.

녀석의 테트로도톡신의 악명을 생각하면서.

새벽을 깨울만한 녀석의 등장이었다.

520.

혼자 떠들고 있다.

누구 하나 나의 말에 귀 기울이지 않는다.

그런데도 연연하는 것을 보면 너무 익숙함이 큰 탓이다.

나만의 공간이 되어버린 지 오래다.

그렇다고 누구를 초대하기도 싫다.

슬쩍 지나치다가 참견하는 이가 있어도

내 쪽에서 먼저 모른 채 해버린다.

그저 나의 공간으로 남겨두고 싶을 뿐이다.

521.

계속해서 반복되는 오늘이 지겹다.

내일이었을,

모레였을 오늘.

혹은 일 년 전이었을 오늘.

그 모든 날들이 내게로 다가와 오늘이 된다.

그리곤 어제로 사라지고 만다.

그렇다고 오늘을 엉터리로 보내고 싶지는 않다.

시간이 아까운 것은 당연한 이치다.

522.

병원에 보낸 안경이 아직 소식이 없다.

상처를 입어도 많이 입은 모양이다.

녀석이 돌아올 때까지 기다리는 수밖에.

그렇다고 빨리 오라고 윽박지를 수도 없다.

천천히 오너라.

그 모든 상처가 힐링 되는 데로 오너라.

거리 중에서 방황만 하지 말아다오.

523.

화가 나서 못 보겠다.

속이 터져 못 보겠다.

아침 드라마를 보다가 채널을 돌리고 말았다.

끝에는 결국 선이 이기는 법.

공식들도 모두가 똑같다.

정들기 전에,

뒷이야기가 궁금하기 전에 애초부터

싹을 잘라 버리는 것이 좋다.

아니 나는 벌써 드라마에 흡입되었는지도 모르겠다.

524.

온다더니 안 온다.

2월부터 끌어온 약속이었다.

하루 이틀 밀리더니 이제는 감감무소식이다.

온다는 것인지, 만다는 것인지.

그래도 나는 미련을 버리지 못한 채 기다리고 있다.

미련한 사람 같으니라고.

언제쯤 올까?

이제는 아예 오기가 생기고 말았다.

525.

설거지를 해야겠다.

먹은 것도 없는데 설거지거리는 쌓여 간다.

사랑이 쌓여 가는 것도 아니고 설거지라니.

사랑이 그처럼 쌓여 갔으면 좋겠다.

그리하면 하루하루가 즐거울 텐데.

설거지를 하면서 사랑을 찾아본다.

그러나 내겐 이미 사랑이 메말라 버렸다.

526.

머릿속에서 기어 나온 고양이 녀석이

아침부터 곳곳에 배설을 하고 다녔다.

아마도 자신의 영역을 표시하는 것 같다.

괘씸한 녀석.

어디를 넘보는 것이냐.

이제 본색을 드러내는 것이냐?

어쨌든 나는 녀석에게 조금의 양보도 할 생각이 없다.

녀석을 다시 머릿속으로 꾸겨 넣는다.

527.

침을 맞는 것처럼

내 심장을 무언가가 콕콕 찌르고 있다.

무엇이기에 이렇게 긴장하게 만드는 것이냐?

사랑인가?

슬픔인가?

기쁨인가?

도무지 알 수가 없다.

그러나 무미건조한 나에게로 와서 무슨 일인가를

벌이고 있는 무언가가 그리 기분 나쁘지는 않다.

528.

어둠 속이다.

수명이 다한 형광등을 미처 갈지 못한 탓이다.

어둠 속에서 마땅히 할 것도 없고.

잠을 청해 본다.

그러나 잠이 오지 않는다.

불면의 밤이다.

너를 생각한다.

항상 나를 배려해 주었던 너.

하지만 그건 사랑이 아니었다.

나의 이기심으로는 사랑을 꿈꿀 수가 없었다.

529.

언제쯤 얼굴을 보여 줄 참이냐?

네가 보고 싶다.

설마 이번에도 실패한 것일까?

조급증이 몰려온다.

심은 지 얼마나 됐다고 벌써 사랑의 싹을 보고 싶어 하는 것이냐?

조금 더 기다려 보기로 한다.

하지만 그 시간이 길지 않았으면 좋겠다.

얼른 너를 사랑해 주고 싶다.

530.

기다림에 지쳐버렸다.

언제쯤 사랑을 되찾을 수 있을지 아직도 미지수다.

묵묵히 기다려 본다.

하지만 기다린다고 사랑이 다가올지

그것 또한 헤아릴 수가 없다.

그래도 언젠가는 되찾을 수 있을 것이다.

나도 사랑에 물을 주고 무럭무럭 자라길

기대하고 있다는 것만 잊지 말아다오.

531.

두루마리 휴지가 데구루루 굴러간다.

오늘 오후는 그렇게 술술 풀렸으면 좋겠다.

그러나 좀처럼 쉽게 풀릴 생각을 하지 않는다.

시작부터 앞이 꽉 막히고 말았다.

경적을 울려 보지만 소용이 없다.

이참에 쉬는 것도 좋을 것이다.

잠시 낮잠을 즐길 생각이다.

꿈속에서 너를 만나고 싶다.

너무 배부른 욕심인가?

532.

부랄 친구를 만났다.

나는 녀석을 기억하는데

녀석은 나를 기억하지 못하고 있다.

기억 속에 남아 있는 추억들을 끄집어냈지만,

소용이 없었다.

녀석은 추억 자체를 부정하고 있는 것 같았다.

그렇게 우리는 레일 위를 걷다가 헤어지고 말았다.

부랄 친구라는 말이 무색했다.

533.

깜박 잊고 안경을 쓰고 나오지 않았다.

모든 사물이 뿌옇게 보인다.

때로는 선명하게 보이는 것들도 있었다.

그것은 내 시력의 한계다.

걷다가 친구를 만났다.

먼저 아는 체를 해오는 녀석.

하마터면 모른 체 지나칠 뻔했다.

하지만 만남도 잠시 바쁘다는 핑계로 녀석은 사라지고 말았다.

차라리 만나지 않았음이 좋았을 것을.

짧은 만남이 아쉬움으로 다가온다.

내 시력의 잔영과 함께.

534.

가까이 있을 때는 소중함을 모른다.

잃고 나서야 소중함을 알게 된다.

내 사랑이 그랬다.

가까이 있을 때는 있는 듯 없는 듯 신경을 쓰지 않았다.

그러나 어느 날 내 옆에 그녀가 없음을 알았다.

그것도 한참을 지난 후에.

다시 그녀를 찾았지만 그녀는 너무도 멀리 가 있었다.

내가 쫓아가기에는 너무도 먼 거리.

그제야 사랑의 그리움을 알았다.

535.

내 머릿속의 고양이가 삐쳤는지
아무런 대답도 하지 않는다.
어디로 꼭꼭 숨은 것이냐?
머리카락 보인다. 꼭꼭 숨어라!
아무런 대꾸도 없다.
그만하면 나올 때도 된 것 같은데.
혼자 망설이다가 포기하고 만다.
그러다가 지치면 언젠가는 나올 터.
그땐 나도 대꾸하지 않을 테다.

536.

길을 걷다가 네가 내게로 왔다.
아니 내가 너에게로 갔다.
쇼윈도우에 서 있는 너.
봄옷으로 한껏 멋을 낸 너의 모습이 정말이지 멋지다.
쇼윈도우를 보면 계절을 알 수 있다.
너의 옷을 입고 내가 서 있는다면 어떨까?
아직도 우중충한 겨울일 것이다.

537.

피곤했던 탓일까.

오후 내내 꿈속에서 헤맸다.

아니 악몽 속에서 헤맸다.

이별과 만남이 공존하는 세상.

다가가지 말아야지 하면서도 다가가게 되는 만남과

순식간에 뒤돌아서는 꿈.

내 마음대로 할 수 없는 세상 속에서 비틀거리다가

결국에는 꿈에서 깼다.

어쩌면 지금 당장이 악몽일지도 모르겠다.

538.

언제까지나 꿈과 희망이 가득한 세상일 줄 알았다.

하지만 나이가 들면서 점점 빈약하게 느껴지는 것은

어이 된 일인가?

세상은 나를 중심으로 돌지 않는다.

그저 그러기를 바랄 뿐.

꿈과 희망도 마찬가지다.

그저 꿈이고 희망일 뿐이다.

그래도 버릴 수 없는 것이 꿈이고 희망이다.

539.

툭,

너를 건드려 보았을 뿐인데

너는 내게 화를 낸다.

다시 툭, 건드려 보았을 뿐인데 너는 내게 환하게 웃는다.

도대체 장단을 맞출 수가 없다.

그래도 나는 네가 좋다.

같이 걸을 수 있음이 좋고 나눌 수 있음이 좋다.

나는 오늘도 너를 툭, 건드려 볼 생각이다.

540.

추궁해 봤자 입을 다물면 그만이다.

네가 그렇다.

입을 꼭 다물고 몇 시간 째 나와 대치중이다.

지치는 쪽은 나다.

너와의 사랑싸움이 이렇게 힘들 줄은 몰랐다.

그저 지나칠까도 생각했지만 이건 자존심 싸움이다.

그러나 도움이 되지 않는다는 것을 나는 뒤 늦게 깨달았다.

사랑을 할 땐 자존심 따윈 접어두는 것이 진정한 사랑인 것을.

541.

이슬비가 내립니다.

당신은 지금 무엇을 하고 있을까요?

설마 혼자서 이슬비를 맞으며 걷고 있는 것은 아닌지 모르겠습니다.

그렇지 않다면 어느 커피전문점에서

아메리카노를 마시고 있을 까요?

당신과 함께 하지 못하는 것이 안타깝습니다.

당신께 전화해도 될까요?

542.

책을 사 놓고 몇 장 읽지 않았다.

다른 때 같았으면 벌써 읽고도 남을 분량이었다.

그런데 막상 책을 산 이후로 괜히 샀다는 생각이 든다.

읽지 않을 거라면 무엇하러 샀을까.

마음을 가다듬고 책을 편다.

그러나 얼마 지나지 않아 덮고 만다.

제기랄.

무슨 걱정거리가 그리 많은 것이냐?

543.

괜찮다.

아직은 걱정할 거리가 되지 않는다.

그런데도 나는 벌써 걱정이다.

무엇을 어떻게 해야 할지 구상을 하다가

다시 처음으로 돌아가 곰곰이 생각에 잠긴다.

별것 아닌 것에 나는 왜 그렇게 집착하는 것일까?

버릇처럼 집착이 쌓여 간다.

544.

실컷 소리를 지르고 싶다.

아무 생각도 없이 무작정 소리를 지르고 싶다.

그러면 답답함이 가실 것도 같다.

그러나 문제는 마음껏 소리를 지를 곳이 마땅치 않다는 것이다.

이럴 줄 알았다면 야구장에 가서 소리를 실컷 지르다가 오는 건데.

같이 갈 사람이 없다.

불쌍한 사람.

545.

비탈길이다.

앞으로 굴러 떨어질 것만 같다.

한 발짝 한 발짝 내디딜 때마다 안절부절못한다.

우리네 길은 비탈길이 있으면 오르막도 있고 평지도 있는 법이다.

그중에 나는 지금 비탈길을 걷고 있다.

조심히 걷는다.

그리고 이즈음에서 생각의 여지를 남겨 둔다.

546.

오늘 점심 메뉴는 무엇으로 할까?

그러나 나는 아직 배고프지 않다.

먹는 것 말고 다른 것은 없을까?

생각하다가 공원으로 산책을 나간다.

꽃이 활짝 피었다.

그래 오늘은 너희들을 먹을 참이다.

마셔도 더 마시고 싶은 꽃향기.

그래 배탈이 나도록 너희를 마실 참이다.

547.

바람을 따라 걸었습니다.

가까이 하기에 좋은 봄날입니다.

바람이 꽃비를 몰고 옵니다.

어디든 걸어갈 수 있을 것 같습니다.

같이 걸어주는 이 없어도 괜찮습니다.

나는 지금 지치지 않을 준비가 되어 있습니다.

내일도 오늘처럼 걸어 볼까 합니다.

548.

모자를 눌러 쓴 채 산행에 나섰습니다.

봄이라 사람들의 발걸음이 여유롭습니다.

하지만 내겐 보이지 않습니다.

모자를 눌러 쓴 탓입니다. 앞만 보고 걸었습니다.

돌부리에 채이기를 수십 번 엄지발가락이 아파옵니다.

그러다가 나도 모르는 사이에 정상에 올랐습니다.

의미 없는 산행이었습니다.

오늘 나는 떠나간 친구의 자취를 따라 걸었습니다.

녀석, 보고 있을까요?

얼마나 그리워하는지 알고 있을까요?

바람이 휭하니 지나갑니다.

분명 녀석이 왔다가 간 것이 틀림없습니다.

549.

봄을 잊고 있었습니다.

어느새 가까이 다가온 봄.

바로 옆에 와 있었습니다.

친구가 되어 함께 놀아 줍니다.

길 잃고 헤매던 나도 봄의 일부가 됩니다.

줄행랑친 겨울의 꽁무니도 이제는 보이지 않습니다.

이제는 외롭지 않을 것 같습니다.

천천히 걸어 봅니다.

550.

꿈을 꾸었습니다.

당신은 변함없는 모습입니다.

너무도 생생해서 꿈에서 깬 후에도 쉽사리 지워지지 않습니다.

그래서 당신과 함께했던 곳을 찾았습니다.

떠나간 당신, 그리고 남은 나.

그리워하는 쪽은 나입니다.

당신은 뒤도 돌아볼 겨를이 없을 텐데.

551.

이 녀석 웬일로 머릿속에서 튀어나와 나에게 재롱을 부린다.

변덕쟁이 고양이 녀석.

아마도 꽃구경을 가고 싶은 모양이다.

녀석을 데리고 공원을 찾았다.

만개한 꽃들.

이제 꽃놀이도 끝물이다.

그래도 사람들은 마냥 좋은 모양이다.

바라봐 주어서 좋은 계절이다.

552.

당신을 생각합니다.

당신은 그동안 많이도 변했습니다.

그런 당신을 알아보지 못해서 당혹스러웠습니다.

그래도 당신은 아무렇지도 않은 듯이 넘겨 버렸습니다.

그런 관대함이 예전의 당신에게 있었다면 어땠을까요?

아마도 당신은 계속해서 내 곁에 있었을 겁니다.

553.

얼마나 더 보여주어야 합니까?

그래도 못 믿겠다면 할 수 없습니다.

그러는 나도 실은 당신을 알지 못합니다.

당신이 무슨 생각을 하고 있으며,

당신이 나를 어떻게 생각하고 있는지 알지 못합니다.

그래도 사랑은 변함이 없습니다.

나도 다시 당신을 알아볼 생각입니다.

너무 서운하게 생각지는 말아 주세요.

554.

기다리겠습니다.

언젠가는 알게 되겠지요.

하지만 그 시간이 너무도 깁니다.

나 혼자만의 생각인가요?

망설이지 마세요.

언제까지나 당신만 바라보고 있을 수는 없습니다.

그래도 나는 기다릴 겁니다.

당신이 내게 온다는 확신이 있기 때문입니다.

그것은 사랑입니다.

555.

아직도 밤공기는 찹니다.

그래도 봄이라 견딜만합니다.

이제 곧 여름이 오겠지요.

올여름은 길 것만 같습니다.

계절의 변화에 익숙해지면 그만일 테지만

그렇다고 무작정 받아들일 수는 없습니다.

나는 여름이 되면 가을을 기다릴 겁니다.

그러다 질리면 겨울을 기다리겠지요.

오늘도 나는 간사한 나를 발견합니다.

556.

당신을 잃는다면 나는 견디지 못할 겁니다.

당신을 잃는 것은 내 모든 것을 잃는 것입니다.

그래서 한순간도 마음을 놓을 수가 없습니다.

어찌해야 합니까?

이렇게 늘 불안하게 지낼 수는 없습니다.

이제 내게로 오세요.

내 가슴은 당신께 활짝 열려 있습니다.

557.

녀석을 걷어차자 저만치 나가떨어졌다.

내 머릿속의 미친개를 불러내려고 했던 것은 아니었다.

고양이를 불러내려는데 불쑥 녀석이 튀어나왔다.

녀석이 변명을 했지만 나는 가차 없이 녀석을 짓밟았다.

나는 아직 너와 대화할 준비가 되지 않았다.

그러자 고양이가 나왔다.

녀석은 고분고분 내 이야기를 잘도 들어주었다.

녀석의 속내가 궁금하다.

558.

이별은 속절없이 다가옵니다.

아무런 대비책도 없는데 불쑥 찾아와

나 몰라라 뒤돌아 갑니다.

당신이 그랬습니다.

그럴 줄 알았다면 좀 더 잘해주는 건데.

그러지 못해서 미안합니다.

그래서 있을 때 잘하라는 말이 있나 봅니다.

이별을 짊어지고 가는 삶이 오늘따라 버겁습니다.

559.

아무 말도 할 수 없었습니다.

그저 넋을 잃고 앉아 있었습니다.

그러다가 눈물이 나왔습니다.

소리 없이 눈물은 잘도 나옵니다.

눈물이 메마를 만도 한데 눈물은 쉽게 메마르지 않았습니다.

이럴 줄 알았으면 다가가지 말 걸 그랬습니다.

당신이 원망스럽습니다.

하지만 그것이 삶의 일부인 것을 어찌합니까?

560.

외톨이가 되었다.

주위에 아무도 없다.

이 적막함은 뭔가?

쥐 죽은 듯이 고요한,

아무도 신경 쓰지 않는 이 빈 공간에서 나는 서성이고 있다.

그래도 상관없다.

이제 와서 외로움을 탓할 이유는 없다.

그래 지금은 즐기자.

혼자라는 것을.

적막이 나를 감싼다.

561.

끝이 보이지 않는다.

그래도 언젠가는 끝이 보일 것이다.

아니 영원히 보이지 않을지도 모른다.

비관도 낙관도 할 수가 없다.

그저 걸을 뿐.

보이지 않는 길을 더듬으며 걸어간다.

눈앞에는 벌써 그림이 그려져 있다.

나는 퍼즐을 맞추듯이 집중한다.

562.

이제는 내 머릿속의 미친개가 짖지 않는다.

아마도 알코올에 굶주려 짖을 힘도 없을 것이다.

대신 고양이와 놀아주는 날이 많아졌다.

단점이 있다면 녀석은 앙칼지다는 것이다.

성에 차지 않으면 뒤도 돌아보지 않고 머릿속으로 들어가 버린다.

오늘은 녀석을 어떻게 달래 줄까 생각하는 중이다.

563.

피곤하다.

너를 생각하면 더더욱 그렇다.

나는 왜 너를 피곤하다고만 생각하는 것일까?

너의 말이 귓가를 맴돌다가 사라진다.

그리고 또 다른 꼬투리를 잡아 앙앙대기 시작한다.

나는 너를 외면한다.

그러면 또 꼬투리가 잡히고 만다.

도대체 내가 어떻게 했으면 좋겠니?

564.

곳곳을 찾아다녔다.

하지만 찾아다니지 않아도 가는 곳마다 너와 함께 했던 곳이다.

절로 너의 생각이 난다.

바보 같으니.

왜 그렇게 가야 했을까?

아무도 모른다.

너는 갈 길을 갔을 뿐이지만 나는 아직도 너를 보내지 못하고 있다.

그 모든 것은 시간이 해결해 주겠지.

565.

발음이 제대로 되지 않는다.

반복해서 연습하고 또 연습해도 발음이 사이사이로 빠져나간다.

그러나 나는 포기하지 않았다.

포기하고 나면 다시는 너를 부를 수 없을 것 같기 때문이다.

왜 너를 부르기가 이렇게 어려운지 모르겠다.

다시 너를 불러 본다.

그러면 너는 다시 내게로 되돌아오겠지.

발음만 새지 않는다면.

567.

오늘도 너로부터 시작되었다.

나는 그것을 당연히 생각한다.

왜 나로 시작되는 것을 잊고 있었던 것일까?

내일은 나로부터 시작해야겠다.

계획을 짜 본다.

그러나 마땅히 계획을 세우지 못한다.

내 모든 것을 네가 송두리째 가져가 버렸기 때문이다.

왜!

568.

이제 내 머릿속의 고양이는 길고양이가 아니다.

어느새 길들어 있다.

하지만 본성을 숨기고 있는 것일지도 모른다.

녀석의 속을 통 알 수가 없다.

녀석은 먹성이 좋다.

길고양이 시절을 아직 기억하고 있는 것이다.

녀석은 언제 나를 배신할지 모른다.

569.

녀석을 볼 때마다 겁이 난다.

폭탄을 가슴에 안고 다니는 녀석.

아무리 말을 해도 씨알머리 먹히지 않는다.

했던 말을 반복해서 하는 것도 이제는 지겹다.

언제 터질지 모를 녀석의 폭탄을 위해 묵념!

터질지 터지지 않을지는 두고 볼 일이다.

녀석이 시간을 부여잡는다.

570.

십 년 전 오늘,

혹은 이십 년 전 오늘 나는 무엇을 하고 있었을까요?

시간이 무표정하게 나를 바라봅니다.

그때나 지금이나 변함이 없는 걸까요?

지금의 내 모습을 정리해 봅니다.

그리고 10년 후 오늘에 꺼내볼 생각입니다.부디 후회하지 않기를 바래
봅니다.

571.

너무 오랜 시간이 흘렀나요?

그래서 우린 무덤덤해진 건가요?

그래요 모두가 내 잘못입니다.

어느 날부터 우린 소홀해지기 시작했습니다.

점차 연락이 뜸해지다가 그렇게 흐지부지되고 말았습니다.

이제 와서 당신을 생각한다는 것은 무리겠지요.

다만, 행복하기를 빕니다.

〈끝〉...

지금 뭐하고 있나요

초판 인쇄 2022년 12월 11일
초판 발행 2022년 12월 15일

지은이 장시진
펴낸이 김태헌
펴낸곳 스타파이브

주소 경기도 고양시 일산서구 대산로 53
출판등록 2021년 3월 11일 제2021-000062호
전화 031-911-3416
팩스 031-911-3417